不遇職《ふぐうしょく》とバカにされましたが、実際はそれほど悪くありません？ 6

カタナヅキ《KATANADUKI》

Reito
レイト
異世界転生し、
王家の跡取りとして
生を受けた青年。
生まれ持った職業が
「不遇職」だったために
追放されてしまう。
Luna
ルナ
謎の大剣使い。
レイトとどことなく姿が
似ているが……？
Main Character
主な登場人物

Linda
リンダ
ティナの護衛。
一流の格闘家で、
生真面目な性格。
Ullr
ウル
レイトの相棒である
「白狼種《はくろうしゅ》」。
甘えん坊。
Kotomin
コトミン
人魚族《マーメイド》の美少女。
変わり者だが、
レイトにとっては
大切な友達。
Tina
ティナ
森人族《エルフ》の王女様。
可愛いもふもふに
目がない。

1

冒険都市ルノにおいて最大の冒険者ギルド「氷雨《ひさめ》」のギルドハウス。

そこには、氷雨のメンバーであり「剣聖」と称される男性シュンが不機嫌な態度を隠さずにギルド長室に向かう姿があった。

彼は不遇職の少年レイトに興味を持ち、レイトが闘技場での戦いを終えて戻ってくるところを待ち伏せしていた。だが、世界の狭間《はざま》からレイトの活躍を見守っているアイリスのアドバイスによって、レイトはシュンに隠れてこっそりと闘技場をあとにしたのである。

そんなことを知る由《よし》もないシュンはひたすらレイトが闘技場から出てくるのを待ち続けていたが、いつまでも彼が姿を現さなかったため、仕方なくギルドに引き返した。

そしてすぐに彼はギルド長室に向かった。冒険都市に関する全ての情報を把握している、氷雨のギルドマスターのマリアに直接レイトのことを問い質《ただ》すためである。

シュンはノックもなしにギルド長室の扉を開ける。

「おい!!　嬢ちゃんはいるか!?」

「……なんの用かしら？」

執務机に座っていたマリアが書類から目を上げてシュンを見た。

シュンは彼女に用件を話そうとして、即座に違和感を抱《いだ》いて彼女を睨《にら》みつける。

そして自分の相対《あいたい》している相手がマリア本人ではないことに気付いた。

「てめえ……シノビだな!!」

「む、よく気付いたな」

シュンが「シノビ」と呼んだ途端、マリアの声が男性のものに変化した。口調も別人のようになっている。

「その格好での声と口調はやめろっ!!　寒気がするわっ!!」

——現在シュンの目の前に立っているのはマリアではなく、「シノビ・カゲマル」という氷雨に所属する暗殺者だった。彼は「変装」と呼ばれる能力を使用して彼女に完全に化けていたのである。

最初はシュンも騙《だま》されかけたが、微妙な声音の違いを敏感《びんかん》に感じ取ったのだった。

マリアと瓜二《うりふた》つの姿になっているカゲマルを内心気味悪く思いつつ、シュンは仕方なく彼に話しかける。

「お前が化けているということは……嬢ちゃんはまたお忍びでどこかに行っているのか？」

「今回は王都に旅立った。少なくとも二週間は戻らない予定だ」

「くそ、こんなときに……おい、この街で、俺がいない間に有名になった剣士はいるか？」

「ここをどこだと思っている？　そんな人間はいくらでもいる」

「笑わせんなっ‼　闘技場で俺は見たぞっ‼　右の瞳《ひとみ》が赤色のガキだ‼」

「赤色……？」

カゲマルはシュンの言葉に首を傾《かし》げた。

シュンはカゲマルとそれなりに長い付き合いである。その反応から、シュンはカゲマルには本当に心当たりがないと気付いた。

だが実は、カゲマルはレイトと知り合いである。彼はレイトが「剣鬼《けんき》」の力に目覚め、右目を赤く変色させたことを知らなかったのだ。

そのため、カゲマルは首を横に振って答える。

「悪いが心当たりはないな。そいつがどうかしたのか？」

「いや……なんでもない」

「そこまで取り乱しておいて、なんでもないということはないだろう。俺とお前の仲だ、話せ」

カゲマルが促《うなが》すと、シュンはおもむろに話しだした。

「……誰にも話すじゃねえぞ？　闘技場でとんでもないガキが現れやがった。それと、うちのギルドに所属してるミナとかいう冒険者と一緒に行動していた」

氷雨にはシュンの他にも「剣聖」と呼ばれる者達がいる。

彼らに赤目の少年――レイトの存在を知られたくないため、シュンはそれだけ言って誤魔化《ごまか》そうとした。

だが、カゲマルはそれを見逃さず、視線を鋭くさせてシュンを睨《にら》んだ。

声と口調を戻したとはいえ、今のカゲマルはマリアと同じ姿である。シュンはマリアに怒られたような気分になり、仕方なく闘技場で起きた出来事を全て話した。

全てを聞き終えたカゲマルは、シュンが闘技場で見たという少年の正体がレイトだと気付く。カゲマルの表情にわずかな変化が見られたが、話に夢中なシュンは彼の異変を見逃した。

「――まあ、そういうわけで俺はそいつを探している。何か情報が手に入ったら教えろ」

「待ってくれ、その少年を見つけてどうする気だ？」

「そんなもん決まってるだろ。喧嘩《けんか》だよ喧嘩」

「……お前は自分の立場を弁《わきま》えろ。氷雨の冒険者の品格を貶《おとし》める気か」

「うるせえな……マリアの嬢ちゃんだって、よくバルのガキ相手にしょうもない悪戯《いたずら》を繰り返していただろ」

バルというのは、レイトの所属する冒険者ギルド「黒虎《くろとら》」のギルドマスターである。彼女は両親を亡くしたあと、マリアに親代わりとして育てられていたのだった。

「本人曰《いわ》く、マリア様なりの愛情表現だそうだ」

「それをバルの奴に聞かせたらどういう反応するか楽しみだな」

マリアが不在でカゲマルも情報を知らないのであれば用はない。

言いたいことを全て話したシュンは立ち上がり、ギルド長室をあとにしようとした。

カゲマルはシュンがレイトを探すのをやめさせようとして口を開きかけたが、自分が何を言ったところで彼が止まることはないだろうと思い直し、結局は何も言わない。

氷雨に所属する冒険者は、ほとんど全ての者がマリアを崇拝《すうはい》している。それはカゲマルも例外ではない。

だが、シュンは別である。彼は氷雨に所属する冒険者ではあるが、立場が少々特別のためマリアを崇《あが》めているわけではない。

カゲマルが「レイトはマリアの甥《おい》だ」と言いかけてやめたのは、そのためだった。

そのまま黙って見送ろうとしたとき、シュンが思い出したように振り返る。

「あ、そうそう……もう一つ聞きたいことがあるんだが、ジャンヌとロウガの奴はどこに行ったんだ？　朝から見かけねえけどよ……ゴウライの奴はいつも通り闘技場にいたがな」

ジャンヌ、ロウガ、ゴウライはシュンと同じ剣聖だ。

カゲマルは正直に答える。

「あの二人もここに残っている。お互いの剣の技量を確かめ合っているところだ」

「なるほど……つまり、奴らはまだあのガキを知らないのか」

他の剣聖はまだ赤目の少年の存在を知らない——つまり、今ならば邪魔者はいない。

そう気付いたシュンは笑みを浮かべた。

「……無茶はするなよ」

その笑みを見てカゲマルが忠告した。

「うるせえよ」

誰に何を言われても、シュンの考えは変わらなかった。

闘技場で活躍した少年の噂が他の剣聖に届くのは時間の問題だ。

ならば、彼らが動きだす前に少年と戦う。

シュンは件《くだん》の少年を、今日中に見つけ出すことを心に強く誓った。

「待ってろよ……小鬼野郎」

彼はレイトを「小鬼」と表現した。

闘技場で見せたレイトの活躍を思い出す度にシュンの身体は震える。彼の目には、レイトの姿が人型の大きさの鬼《オーガ》に見えたのだ。

オーガという魔物は特段珍しい存在ではない。シュン自身も、単独で何度もレッドオーガを討伐している。それにもかかわらず、シュンはレイトの中に鬼の幻影を見た瞬間、確かに恐怖した。

この恐怖を乗り越えない限り、自分の剣の道は終わりを迎える。

そのような確信を抱いたシュンは、早急にレイトの居場所を特定するために動きだした。

◆　◆　◆

――時刻は深夜を迎え、誰もが寝静まっている。

そんな時間帯に、レイトは自分の家の庭で立ち尽くしていた。傍《そば》にはレイトの愛狼ウルの姿があり、自分の主人が新しいスキルの習得に励《はげ》んでいる光景を観察していた。

レイトの脳内に、世界の管理者であるアイリスの声が届く。

『なんだか久々にレイトさんにスキルの習得方法を教えるような気がします。まあ、今回は割と早く覚えられると思いますよ』

「頼りにしてるぞ、相棒」

レイトはそう言って目を布で覆《おお》い隠し、庭の中心に座り込んだ。周囲には、彼が作り出した光量を抑えた「光球」が漂《ただよ》っている。

現在レイトは、「魔力感知」という感知系のスキルを覚えるための練習を行っていた。スライムのスラミンとヒトミンが生まれたときから持っている感知能力でもある。アイリスの話によれば、訓練をすればレイトでも習得できるという。

スキルを習得するためのポイント、ＳＰも大分余ってきたのでそちらを使用すればすぐに覚えられなくもない。

だが、基本的にアイリスはレイトが覚えたいスキルがある場合は自力で習得させている。ＳＰの無駄遣いをさせないためでもあるが、自力で習得したスキルは、ＳＰで覚えたときよりも扱いやすいという利点があるのだ。ＳＰを消費して覚えると、最初のうちは扱い切れずに慣れるまで時間がかかってしまう。

そのため、アイリスはレイトがスキル――特に「魔力感知」のような技能スキルを覚える際は積極的に訓練を行わせているのだった。

「ふうっ……こうしてると森の中で『心眼』のスキルを覚えたときのことを思い出すな」

目隠ししたレイトが言うと、アイリスが念話で応《こた》える。

『あのときは習得に苦労しましたね。レイトさんが覚えたスキルの中で、最も訓練期間が長かったんじゃないですか？』

「心眼」は視覚以外の感覚を研《と》ぎ澄まして生物の位置を把握するスキルである。

このスキルを覚えるときもレイトは目隠しをし、長期間の訓練を経てどうにか習得した。

森で訓練に明け暮れていた日々を思い出しつつ、レイトは空中に浮遊する自分の魔力で生み出した光球の位置を探る。

基本的に魔法で生み出したものはレイトの意志で自由に操作できるが、視覚を封じた状態だと位置を上手く把握できない。

感知系の技能スキルの中だと、レイトはすでに「気配感知」を習得している。だが、これは生物の気配を感じ取る能力しかないため、魔法で生み出した物体は把握できない。

一方、今回覚えようとしている「魔力感知」は文字通りに魔力を放つ存在を感知する能力だ。レイトが周囲に漂っている光球の位置を把握することができれば、おのずとスキルも習得できる。

レイトは意識を研ぎ澄ませる。

『何も考えず、黙って集中してください。雑念を振り払い、周囲に確かに存在する魔力を感じ取るんです』

「分かってる……」

アイリスの助言を聞いているとき、レイトは無意識に自分が耳を澄ませていることに気付いた。

レイトは頭を振って、意識を聴覚ではなく触覚に集中させる。音を発しない光球を聴覚で捉《とら》えることは無意味である。

レイトは掌《てのひら》を差し出して、手探りで光球を探し出そうとする。

「違う……ここじゃない、こっちか」

「クゥンッ……」

光球を手探りで探し当てようとする主人の姿にウルは首を傾げた。

だが、レイトは徐々に光球が存在する位置に近付いていき、ついにはウルの目の前で光球を両手で包《つつ》み込んだ。

「これだっ!!」

『その調子ですよ。このまま一気に全ての光球の位置を捉えてください』

なんとなくのコツを掴《つか》んだレイトは、周囲に漂っている別の光球がある方向に身体を向けた。そして今度は、確実に正確な位置を捉えて光球を回収する。

訓練を繰り返すごとにレイトは正確に光球の位置を掴めるようになり、やがて完全に魔力を感じ取れるようになる。

最後の光球を掴んだ瞬間、真っ暗だったレイトの視界にスキルの習得画面が表示された。


〈技能スキル「魔力感知」を習得しました〉


「よしっ!!」

無事に「魔力感知」のスキルを覚えたレイトは目隠しを外す。

「今回は割と簡単に覚えられたな」

『まあ、一流の魔術師なら誰もが覚えるスキルですからね。習得難度はそこまで高くはありません。これでやっとレイトさんも一流の魔術師に仲間入りしたってことです』

「そうなのか……」

『でも、この年齢で「心眼」「気配感知」「魔力感知」を覚えられる人間なんて滅多にいませんよ。誇りに思ってください』

アイリスが言うには、「魔力感知」はある一定以上のレベルの魔術師ならば誰もが習得している能力らしい。単独では別に珍しいスキルではないのだが、暗殺者の職業の技能スキルである「気配感知」「心眼」も同時に覚えている人間となると、ほとんど存在しない。

つまり、一通りの感知系スキルを習得したレイトは、感知分野において彼に敵《かな》う者はほぼいなくなった。今の彼ならば、かつてはレイトの世話係であり、その正体は一流の暗殺者だったアリア並みの技能を持つ人間でも位置を把握することができる。

久々の訓練で少々疲れたが、今後の戦闘にも役立ちそうな技能スキルを覚えたことでレイトは興奮し、疲れが吹っ飛んでしまっていた。

そんなレイトに対して、アイリスは気遣うように話しかけてきた。

『さて、今日のところはもうお休みになりますか？　闘技場で頑張っていたからお疲れでしょう？』

レイトはこの日の昼に、闘技場で魔物と戦っていたのだった。

だが、レイトは首を横に振る。

「いや、例のスキルを覚えたい。協力してくれる？」

『「迎撃」のことですね？　ですけど、本当に大丈夫ですか？　こちらのスキルを習得するのは本当に大変ですよ。いくらレイトさんでも簡単には覚えられないはずです』

「それならなおさら覚えておきたいな……俺もそんなに若くはない」

レイトはもう少しで十五歳になる。

この世界では、スキルの覚えやすさと年齢が深く関係している。端的に言うと、十五歳を迎えると格段にスキルを覚える速度が遅くなるのだ。

十五歳になる前にレイトがどうしても覚えておきたいスキルは複数存在する。そのため、時間は無駄にできない。

『分かりました。では、それなら例の人を利用させてもらいましょう……ちょうどいい具合にこっちに近付いていますね。作戦は分かっていますか？』

「えっ……本当にあれ、やるの？」

『文句を言わないでください。ほら、さっさと準備してください』

「分かったよもうっ……気が進まないな」

「クゥンッ？」

いつもよりも独り言が多いレイトに、ウルは再度首を傾げた。

レイトはそんなウルを撫《な》でやり、収納魔法を発動した。そして異空間から、以前エルフの王女ティナを救ったときに倒した「マモウ」という魔物から剥《は》ぎ取った毛皮のマントを取り出す――

◆　◆　◆

――深夜を迎えた夜の冒険都市の一角。

シュンは酒瓶を片手に街道を歩いていた。彼はギルドを出たあとに闘技場で見た少年の手がかりを掴もうとして、レイトとともに闘技場で試合に参加していたミナをギルドの周辺で待ち伏せしていた。

だが、結局ミナはギルドに戻ってこなかった。

シュンは冒険都市で様々な人に聞き込みをしようかと考えたが、あまり派手に動き回ると他の剣聖に例の少年の存在を知られてしまう危険がある。

彼は色々と考え、結局は情報屋から「右目が赤い少年」の存在に心当たりがないか問い質したが、高い料金を取られただけで有力な情報は手に入らなかった。

「くそっ……どこにいるんだあのガキ」

シュンはいらだちを隠そうともせず、酒をぐいっとあおった。

いくら飲んでも、シュンは昼間の闘技場の光景が忘れられなかった。特に、試合の最後に赤毛熊《ブラッドベア》を一刀両断したあの少年の姿を思い出すだけで酔いが醒《さ》めてしまう。自分が初対面の人間にここまで興味を抱いたことなど初めての経験であり、シュンは気持ちに整理がつかず酒瓶にひび割れが生じるほど強く握りしめた。

瓶の中の酒を飲み干した彼は、今日のところは家に戻ろうとする。

そのとき彼は不意に気配を感じ、上空に目を向けた。

すると、建物の屋根の上を移動する人物が目に入った。最初は身軽な獣人族《ビースト》や森人族《エルフ》が屋根の上を移動しているのかと思ったが、様子がおかしい。

シュンはその人物を見て訝《いぶか》しむ。

「なんだあいつ？　怪盗の真似ごとでもしてんのか？」

その人物はなぜか毛皮のマントで全身を覆《おお》い、顔面を石作りの仮面で隠していた。

その異様な格好にシュンは顔を引きつらせるが、仮面の人物が自分の元に近付いていることに気付いてさらに驚いた。

「おいおい、意味は分からないが俺狙いかよ。はっ、ちょうどいい……八つ当たり相手を探す手間が省《はぶ》けたぜ」

シュンは仮面の人物を物盗りの類《たぐい》だと判断し、酒瓶を放り投げて腰に差していた「日本刀」の柄《つか》に手を伸ばす。

彼が装備している日本刀は、過去に日本からこちらの世界に召喚された勇者が持ち込んだ武器を模したものである。こちらの世界の鍛冶の知識と技術で作り上げられてはいるが、珍しい武器なのは間違いない。彼の日本刀の銘は「クロガネ」と言い、刀身は鋼鉄とミスリルの合金製だった。青い刃が特徴的である。

剣聖であるシュンを倒して名声を上げようとする人間は非常に多い。時には過去に敗れて彼に恨みを抱いた剣士が闇討ちを仕掛けてくることもあった。

そのため、シュンは自分の前に現れた不審人物が自分を狙っていたとしても動揺することなく、むしろ挑発する。

「あっ？　何見てんだてめえ？　ぶっ殺されたいのか!!」

『…………』

シュンの言葉を聞いて屋根の上から仮面の人物が地面に下り立った。

軽々と着地したのを見たシュンは、相手を運動能力の高い「獣人族《ビースト》」の剣士かと判断する。

やはり相手の目的は自分であると確信した彼は、仮面の人物にゆっくりと歩み寄り、剣の柄に手をかけながら話しかける。

「お前、さっきから俺のことを見てただろ？　盗賊か？　それとも俺の追っかけか？」

『…………』

仮面の人物は首を横に振るだけで何も言わない。

「首振ってんじゃねえよ。それなら俺になんの用だ？　まあ、どうせ俺を倒して自分の名を上げようとする馬鹿だろ。いいぜ、暇潰しがてらに相手をしてやる!!」

『…………』

シュンの言葉に、仮面の人物は頭を下げる動作を行った。そして、マントを翻《ひるがえ》して腰に差していた「木刀」を引き抜く。

刀を引き抜こうとしたシュンはその武器を見た瞬間呆然《ぼうぜん》とし、即座に激しい怒りを抱く。

「てめえ……なんだその武器は？　訓練用の木刀じゃねえかっ!!　俺を舐めてんのかっ!?」

『……』

仮面の人物は再び首を横に振り、彼の目の前で木刀を見せつけるように構える。

そんな相手の行動にシュンは眉を顰《ひそ》めるが、直後に彼の目の前で予想外の出来事が生じる。

『…………』

「なっ……お前、何してんだ!?」

――仮面の人物が左手で掴んでいた木刀の刀身に右手を押し当てた瞬間、唐突に木刀全体が光り輝き、やがて刀身が黒くなった。先ほどまでは完全な木製だったが、仮面の人物が掌を押し当てたら、別の「金属」に変化したようにシュンの目には見えた。

謎の能力で木刀を金属製の刀に変化させた仮面の人物に対し、シュンは鞘からクロガネを引き抜く。先ほどまでは余裕の態度を見せていた彼だが、得体の知れない能力を使用した仮面の人物に最大限の注意を払い、真剣な表情で睨みつける。

「面白い……どんな手品を使ったのか知らないが、俺に剣で挑むつもりか?」

『…………』

「いいぜ、かかってこい!!」

言葉と同時にシュンは駆けだし、仮面の人物に向けて刃を振り下ろした――

◆　◆　◆

――自分に向けて斬りつけてきたシュンに対し、仮面を被って変装したレイトは「物質変換」のスキルでアダマンタイトに変化させた木刀で刃を受け止める。

金属音が響き渡り、レイトは防御用の戦技《せんぎ》を発動させて弾《はじ》き返す。

『「反動」』

「ちっ!!」

剣が一瞬だけ激しく振動し、シュンの刀の刃が弾《はじ》かれた。

バルや、レイトの冒険者仲間であるゴンゾウも扱える防御型の戦技であり、鍔迫《つばぜ》り合いの状態になったときに役立つ。

刃を弾《はじ》かれながらもシュンは即座に次の攻撃を繰り出す。

「『乱れ突き』!!」

『おおっ……』

シュンは、槍騎士の称号を持つ氷雨の冒険者「ミナ」が愛用する槍の戦技と、同名の戦技を発動させた。

シュンは残像が生まれるほどの速度で複数の突きを繰り出す。

連続的に突き出された攻撃に対し、レイトは冷静に攻撃の軌道《きどう》を読んで足の位置を変えて回避した。

「何っ……!?」

『「旋風」』

「ちぃっ!!」

自分の突き出した刃を回避したレイトに、シュンは動揺した。

レイトはその隙をつき、刃を横薙《な》ぎに振り払う。

だが、シュンは咄嗟《とっさ》に自分の鞘を引き抜いて攻撃を受け止め、なんとか直撃を避けた。

相手がただ者ではないと判断したシュンは、刀と鞘を両手で握りしめた状態で身構えた。

彼の腕はレイトの攻撃を受け止めたことで、あまりの衝撃に痺《しび》れてしまっていた。単純な腕力はレイトが勝《まさ》っているのだ。

「くぅっ……意外と力が強いじゃねえか」

『……』

「頭を掻《か》いて照れた動作すんじゃねえよっ!!」

相手は小柄な体格から繰り出されるとは思えないほどの膂力《りょりょく》を誇る。まともに打ち合うのは危険と判断したシュンは素早く視線を動かし、自分の足元に落ちている酒瓶の破片に目を留めた。

シュンは破片を拾い上げてレイトの顔面に投げ込む。

「おらっ!!」

『っ!!』

レイトが刀で破片を弾《はじ》いた。その際、一瞬の隙が生まれる。

シュンは笑みを浮かべ、鞘を捨てて刀で斬りかかる。

レイトは木刀を振り抜くのは間に合わないと判断し、代わりに柄を突き出した。

『ふんっ‼』

「何っ⁉」

木刀の柄が正面から振り落ろされた刃を受け止めた。

レイトの予想外の反応速度にシュンは驚愕し、レイトは隙を逃さずに蹴りを繰り出す。

蹴りはシュンの腹部に命中し、突き飛ばした。

レイトは追撃を加えようとしたが、自分の目的を思い出して立ち止まる。

腹部に強烈な一撃を受けたシュンは数歩ほど後退するが、なんとか持ち直して刀を構え直した。

「くぅっ……げほっ‼　くそっ、てめぇっ……なかなかいい蹴りだな」

『…………』

「上等だっ‼　『刺突』‼」

戦意が衰《おとろ》えていないシュンは、戦技を発動して刀を突き出した。先ほどの「乱れ突き」の戦技より突きの速度は素早い。

その攻撃に対して、レイトはあえて前に飛び出す。

（――今だっ‼）

レイトは瞼《まぶた》を閉じ、「心眼」の能力を発動した。

五感を研ぎ澄ませた状態で前に移動する。

顔面に迫りくるシュンの刃に対し、彼は「回避」の技能スキルと「反撃」の技能スキルを発動する。

レイトは突き出された刃をわずかに顔を反らして左に回避し、木刀を握りしめて戦技を発動した。

『「回転」!!』

「ぐはぁっ⁉」

彼の振り抜いた刃がシュンの脇腹に見事に命中した。

レイトはさらに力を込めて相手を吹き飛ばす。それと同時に、視界に新しいスキルの習得画面が表示された。


〈技術スキル「迎撃」を習得しました〉


『よしっ』

「回避」と「反撃」のスキルを同時に発動したことで、複合スキルの「迎撃」を新たに習得できた。

「迎撃」は相手の攻撃を利用して強力な反撃を繰り出すスキルである。

アイリスのアドバイスもあり、レイトはシュンを利用して新しいスキルを覚えようと計画していたのだった。

これで今回の目的は達成したが、残された問題は攻撃を仕掛けたシュンがこのまま引き下がるはずがないということである。

もう戦う理由がないというレイト側の事情を知るはずもなく、シュンは即座に攻撃を仕掛けてくる。

「この……ガキがぁっ!!」

『わっ!?』

レイトは脇腹に強烈な一撃を受けた。

シュンはレイトの一撃によって、ほとんど間違いなく肋骨《ろっこつ》の数本が破損したはずである。普通の冒険者なら意識を失ってもおかしくはなかった。

レイトは驚いたが、すぐに傷の影響でシュンの動作が鈍《にぶ》くなっていることに気付いた。

彼は咄嗟に掌を伸ばしてシュンの肉体に触《ふ》れる。

「ぐはぁっ!?」

『「衝風」!!』

相手の肉体に衝撃を直接与える戦技を発動した瞬間、負傷していたシュンが五メートル近く吹き飛んだ。

レイトはしばらく観察したが、シュンが立ち上がる気配はない。どうやら、彼は意識を失ったらしい。

さすがにやりすぎたかとも思ったが、ここまでしなければシュンを気絶させることはできなかったとレイトは判断した。

彼は倒れたまま動かなくなったシュンに頭を下げる。自分の目的のために彼を利用したことに対するお礼と謝罪だった。

レイトはシュンに近付き、掌を翳《かざ》す。

『「回復強化」……これでしばらくすれば治りますから』

「ああっ……な、なんの真似だお前……ていうか、回復魔法？　剣士じゃないのか？」

驚くことに、シュンはすぐに目を覚ました。

レイトは一瞬焦《あせ》ったが、シュンが起き上がる気配はないのでまだダメージは残っているのだろうと思い直す。

『本当にすいませんでした……失礼します!!』

レイトは即座にその場を立ち去った。

「ま、待ちやがれ……いててっ!?　ちょ、完全に治ってねえぞ!?」

残されたシュンは慌てて追いかけようとしたが、動こうとした瞬間に脇腹に激痛が襲いかかった。

支援魔術師の回復魔法の効果は、時間をかけなければ発揮されないのだ。

誰もいない夜の冒険都市に、シュンの抗議の声がむなしくこだました。

◆　◆　◆

——どうにかシュンから逃げ切れたレイトは、自宅に辿《たど》り着くと毛皮のマントと露店で販売していた仮面を外し、庭で眠りこけていたウルの身体に飛び込む。

「とうっ!!」

「クゥンッ……？」

「ふうっ……相変わらずいい具合のもふもふだな」

レイトは眠っているウルの身体を枕代わりにして横たわり、昔はよくこうして野宿していたことを思い出す。

そのまま寝入ろうかと考えたが、目が冴《さ》えてしまったのか眠れない。

「ちょっと興奮しすぎたかな……起こして悪かったな」

「ウォンッ」

その通りだとばかりにウルが抗議するような鳴き声を上げた。

レイトは宥《なだ》めるためにウルの頭を撫で回し、そのままウルが眠るまで傍にいる。

ウルが完全に眠ったことを確認したあと、レイトは自宅を抜け出す。

「少し運動するか」

レイトは収納魔法を発動して退魔刀《たいまとう》を取り出し、背負《せお》って人気のない場所に移動する。

目指したのは裏路地の先にある開けた場所である。かなり前の話になるが、最初にレイトがこの街を訪れたとき、そこで盗賊と遭遇した。

誰もいないことを確認し、レイトは建物の屋根に飛び移った。人分レベルが上昇しているので「身体強化」の補助魔法を発動せずとも素の身体能力だけで跳躍することができた。

「よし、ここならいいか。問題ないよなアイリス」

『まあ、周辺に人は存在しませんね』

念のためにアイリスの確認を取り、レイトは退魔刀を引き抜いて右手のみで持とうとする。だが、先日刃をアダマンタイトに変化させたことで以前よりも重量が増しており、現在の彼でも片腕だけで扱うのは難しい。

「おっとと……『重撃剣』」

掌に紅色《べにいろ》の魔力をにじませた瞬間、退魔刀の重みが一気に消失した。魔力で重力を操ったのである。

レイトは退魔刀を片手のみで振り回す。重力を操作する魔法を使用すれば、どんなに重量が重い武器でも使えるようになるのが利点だ。

彼は反対の腕に「氷装剣《ひょうそうけん》」を発動して氷の刃を作った。

「今日は二刀流の練習だな。上手くできるといいけど……」

二刀流自体は何度か戦闘で実際に使用した経験があるが、いずれも長剣だけの組み合わせであり、退魔刀のような大剣を片腕だけで振るったことはほとんどない。理由としては身体能力を強化しても、退魔刀の重量が重すぎてレイトでは扱えなかったからである。

だが、先日「重撃剣」という新たな戦技を覚えたおかげで、現在のレイトは片腕だけでも退魔刀を振るうことができる。

彼は二刀流を得意とする従姉《いとこ》のナオの動作を真似して、二刀流の練習をする。

「はあっ!!」

ナオの動きを思い返しながら両手の剣を振り回すが、やはり彼女のように自在に剣を振り回すことはできない。そもそもナオが装備しているのは「カトラス」であり、レイトのような「大剣」や「長剣」ではなかった。

武器に違いがある時点で、ナオの戦法を完全に真似するのは難しい。そう判断したレイトは、改めて自分に合ったスタイルを編《あ》み出すことにした。

まず、両手で武器を装備した状態で戦技を発動できるのかを確かめる。大剣と長剣という別系統の武器を両手で所持した状態で、レイトは基本的な戦技を使ってみた。

「『兜割《かぶと》り』!!」

戦技を発動した瞬間、レイトの身体は退魔刀と長剣を天高く掲《かか》げ、同時に振り下ろした。

大剣、あるいは長剣を一本だけ持った状態で「兜割り」を発動した場合、両手で振り下ろす動作となる。片手で一本ずつ振り下ろす分、両手で放つよりも速度と威力が落ちていた。

「『旋風』!!」

レイトは続いて、両手で横薙ぎに剣を振り払う動作の戦技を発動してみた。

すると、レイトの両腕が交差して左右の両方向から剣を横薙ぎに振り払った。こちらも先ほどの「兜割り」と同様に剣速と威力が落ちているが、その反面攻撃範囲が伸びている。

「『回転』‼」

さらにレイトは身体を回転させながら相手に斬りつける戦技を発動する。

次の瞬間、レイトの身体は両足を軸に時計回りに一回転した。回転の勢いで二本の剣も素早く振られる。剣が一本のときと動作は大きく変わらず、回転を加える度に速度と剣圧も増すという特徴も同じだった。

「『刺突』‼」

今度は最近覚えたばかりの戦技を発動する。

すると、レイトは両手の剣を前方に突き出した。刀身の長さに違いがあるため、大剣のほうがリーチが長い。

「今のところはこれくらいか……というか、俺って基本的にこの四つの戦技しか戦闘では使ってないんだよな。一応、他の戦技も覚えてるけど……」

『別に戦技が多ければ強くなれるというわけでもないですからね。レイトさんはこれらのスキルを極められているってことです』

「それもそうか」

実戦で使う戦技の数は少なくとも問題はない。

それに、レイトはバルから教わった「撃剣」の技術を組み合わせて戦技を強化する「剛剣」という剣技を生み出している。

この強力な剣技のおかげで、レイトは格上の敵を相手にしても互角に戦える。

しかし、両手で武器を使用する場合は全身の筋肉を利用した「撃剣」の技術と非常に相性が悪い。

つまり、二刀流の状態では「剛剣」を利用して戦うことはできないのだ。

そのため、二刀流で戦う場合を想定して新しい戦法を編み出す必要がある。

「何かいい技はないの、アイえもん」

『誰がアイえもんですかっ……そうですね、それなら「疾風剣」の戦技でも覚えたらどうですか？』

「『疾風剣』……？　それはどんな技？」

レイトが首を傾げると、アイリスは詳しく説明した。

『文字通り、速度を重視した剣の戦技です。獣人族《ビースト》が覚えやすい戦技でもありますね』

速度に特化した戦技と言っても、どのような技なのかイメージが付かない。

そう思ったレイトだが、とりあえず習得方法を尋ねることにした。

「どうすれば覚えられる？」

『そうですね、こちらの戦技を覚える前に先に格闘家のスキルをある程度覚えましょう。レイトさんなら簡単に覚えられるはずですから』

「格闘家の？　……分かった」

レイトは武器を手放し、アイリスの指示通りに行動を開始する。

まずは「氷塊《ひょうかい》」の魔法を利用して人型の氷人形を作り、続いて拳のほうにもボクシンググローブのように氷の塊《かたまり》をまとう。

『今回は色々と覚えることになりそうですね。まずは基本の「拳打《けんだ》」を発動しましょう』

「『拳打』か……どんなのだっけ？」

『ゴンゾウさんが戦っていたときのことを思い出してください。あの人が戦人形《バトルゴーレム》と戦闘していたときに使用していた戦技を覚えてますか？』

「なるほど、あれか……分かった、やってみるよ」

しばらく使っていなかったので忘れかけていたが、「拳打」はレイトが覚えている戦技だった。

それを使い続ければ、新たなスキルを習得できるとアイリスは言う。

レイトは氷人形に向けて拳を突き出し、人形の顔面部分に叩き込む。

人形に軽いひび割れが生じるが、破壊にまでは至らない。

レイトは先日のゴンゾウが戦う姿を思い返し、即座に反対側の左拳も叩き込む。この動作を数回繰り返し、ついに眼前に画面が現れた。


〈技術スキル「連打」を習得しました〉

「よっしゃっ」

『それでは、次はその「連打」を繰り返してください』

アイリスが次の指示を出す。

レイトは拳を握りしめ、氷人形に向けて何度も拳を突き出した。

「ていっ!! あ、壊れちゃった……もう少し頑丈に作らないとな」

『頑張ってください。次の戦技を覚えない限り、「疾風剣」は習得できませんよ』

「分かったよ」

レイトは新しい氷人形を用意する。そして戦技を利用して殴り続けるが、スキルを覚える前にまたもや人形が壊れてしまった。仕方なく、レイトは再び新しい氷人形を作り出す。

この作業を繰り返し、レイトは徐々に戦技とスキルの使用法法を把握していく。

最初の「拳打」で右拳を突き出し、続いて技術スキルの「連打」で左拳を突き出す。この繰り返しによって、レイトは目にも留まらぬ速さで拳の連撃を繰り出すことができた。

「オラオラオラオラオラオラオラオラァっ!!」

『そのかけ声はちょっと危ない気がします!!』

「あたたたたたっ!! ほぁたぁっ!!」

『そっちもまずいですね!!』

冗談交じりのかけ声を発しながら、レイトは拳を突き出していく。

十数度目の氷人形を破壊したところで、拳にまとわせていた「氷塊」のボクシンググローブが壊れる。

それと同時に、視界に画面が出現した。


〈戦技「疾風突き」を習得しました〉

「おお、なんか覚えた……」

〈技術スキル「乱撃《ラッシュ》」を習得しました〉


「あれ？　二つも？」

レイトは首を傾げ、一つずつ内容を確認していく。

前者は「拳打」の上位互換と思われる戦技であり、後者はこちらの戦技を最初に発動させたあとに使用できる技術スキルだった。

これにはアイリスも予想外だったらしく、素直に感嘆の声を上げた。

『驚きましたね。まさか二つもスキルを習得できるなんて……さすがはレイトさん』

「これでいいの？」

『まあ、準備は整いましたね。せっかく覚えたんですから、試しにどんな戦技なのか確かめてみたらどうですか？』

「そうだな……よしっ」

拳を握りしめ、レイトは新しく覚えた戦技を使う前に今度は「土塊《どかい》」の魔法を発動して人型の土人形を作り出す。また、何度も硬い氷に拳を叩きつけたことでさすがに拳を痛めてしまい、「回復強化」を施して両手の治療もしておいた。

「治療完了……まずは、『疾風突き』!!」

戦技を発動した瞬間、レイトは通常の「拳打」とは比較にならないほどの速度で拳を突き出し、土人形の顔面を撃ち抜いた。速度も威力も「拳打」を上回っている。

レイトはさらに続けて「乱撃《ラッシュ》」を発動した。

すると、レイトの両拳が残像を生み出すほどの速度で拳が幾度も繰り出される。

土人形の身体は一瞬で崩《くず》れ去ってしまった。

眼前で崩れ去った土人形にレイトは驚愕する。

「お、おおっ……すごいなこれ」

『街中の喧嘩とかで使用したら駄目ですよ。相手を殺しかねませんから……それにしても、なんでレイトさんは魔術師として生まれたんでしょうね。剣士や格闘家だったら今頃は……』

「そういうのいいから」

アイリスは同情するように言ったが、レイトは今さら自分の職業に疑問を抱くのも面倒になったのでそっけなく応えた。

レイトの職業は「錬金術師」と「支援魔術師」。どちらもこの世界では不遇とされている職業だ。この世界の人間は必ず、生まれながらにしてなんらかの職業を持っている。そして、その職業は変えることができない。

努力をすれば他の職業のスキルも覚えられるが、それはほんの一部だけであり、専門的なスキルは習得できない。

レイトは拳にこびり付いた泥を振り払い、本命の「疾風剣」と呼ばれる戦技の習得方法を問い質す。

「名前の響きからするに、剣を持った状態で『疾風突き』を発動すればいいの？」

『その通りですね。ですけど、そう簡単には覚えられないと思いますよ』

「……まあ、試してみるか」

すでに夜明けになろうとしているが、戦技の習得に夢中になっているレイトは疲れを忘れていた。

彼は退魔刀を握りしめ、念のため「重撃剣」を発動した状態で先ほど覚えたばかりの戦技を使用する。

戦技を使った直後、退魔刀が今までにない速度で繰り出され、衝撃波のような風圧が発生した。

その速度に戦技を放ったレイト自身も驚きを隠せず、「撃剣」の技術を利用せずとも十分な速度と威力が期待できそうだった。

「これはすごいな……よし、なら『疾風突き』と『刺突』の戦技を同時に発動したらどうなるかな？」

今回覚えた「疾風突き」とすでに覚えている「刺突」は、拳と剣の違いはあれど、腕を突き出して攻撃するという動作は同じである。

レイトは試しに二つの戦技を同時に発動できないのか試してみる。

レイトが右腕を突き出した瞬間、先ほどよりも速度を増した一撃が生み出され、風切り音が周囲に響き渡る。

その直後、レイトの視界に画面が表示された。


〈戦技「疾風剣」を習得しました〉


「おお、やった!!」

『別のやり方を教えるつもりでしたが、まさかそんな方法があるとは……よく思いつきましたね』

適当に戦技同士を組み合わせただけだが、運よく本命の戦技を覚えることに成功した。

ついでにレイトは、「刺突」の戦技の強化方法も編み出した。今後はこちらの剣技も複合剣技「剛剣」の一種として加えることに決め、名前も「刺衝突《ししょうとつ》」と名付ける。

「『疾風剣』!!」

レイトは新しく覚えた戦技を発動してみた。

退魔刀が残像を生み出すほどの速度で振り抜かれ、軽い衝撃波が生じる。この戦技は全身の筋肉を利用して打ち込む「撃剣」とは違い、必要な筋肉のみで剣を振るらしく、速度は速いが威力という点では「撃剣」に劣《おと》る。

「威力はちょっと弱いけど、片腕で使う分には悪くはないな……よし、今日はもう帰ろう」

『お疲れ様でした』

一日の間に複数の戦技と技術スキルを習得し、レイトは満足して自宅に戻ることにする。

結局、徹夜してしまったが十分な成果を得た。

レイトが収納魔法で退魔刀を異空間にしまうと、アイリスが彼に呼びかけた。

『あ、待ってください。レイトさん、ちょっと私と本格的に「交信」してくれませんか?』

「いいけど……」

『すみませんね、今のように少し話すだけならいいんですけど……』

短時間の会話ならば問題はないが、長時間の会話をする場合はレイトのほうから交信する必要がある。

交信の間は時間が停止するが、レイト自身の精神を消耗《しょうもう》するので普段は彼女のほうから話しかける事が多い。だが、今回は長く話し合う時間が必要らしかった。

レイトはアイリスと交信し、脳内で話しかける。

『アイ……アイ、なんだっけ？　もう、アイアイでいいや』

『もはや名前すら忘れられてる⁉　それとその名前はパンダみたいですからやめてください』

『それでなんの用？』

『あ、はい。実はレイトさんの能力に関してお話ししておこうと思いまして』

『……ＳＰのこと？』

アイリスの言葉に、レイトは心当たりがあった。

彼は先日、伝説の魔物である腐敗竜《ふはいりゅう》を倒したことでレベルが65にまで上昇している。その結果、ＳＰも30獲得した。

これを使用すれば新しいスキルを覚えられる他、すでに習得している一部の能力を強化することもできる。

できることが多い分、レイトは慎重に決めることにしてＳＰの使用を保留していたのだった。

アイリスが話を続ける。

『すでにレイトさんはいくつかの能力を強化しています。固有スキルと自分の職業に関する能力だけですけど』

『ちなみに錬金術師のレベルを上げたらどうなるの？　もっと能力が強化される？』

『その場合は使用する魔力の量が減ったり、発動速度が少し強化されたりする程度ですね』

レイトの「物質変換」「形状高速変化」「物質超強化」の三つの錬金術師の能力はＳＰを使用して強化したものであり、元々は「金属変換」「形状変化」「物質強化」と呼ばれていた。

一方、固有スキルの「魔力回復速度上昇」「魔力容量拡張」「魔法威力上昇」に関しては名称に変化はなく、能力が強化されるのみに留まっている。

一見地味だがＳＰを使用したことでレイトは多大な恩恵を受けた。特に「魔力回復速度上昇」は役立っており、このおかげでレイトは魔力が切れても常人より早く魔力を回復できる。

『今回はＳＰをどのように使うのか考えてください。新しいスキルを覚えるか、それとも既存の能力を強化するかです』

『う～んっ……』

『今は割と簡単にスキルを覚えていますけど、やっぱり職業的に覚えるのが難しいスキルも多いですし、それに年齢を重ねればスキルを習得しにくくなります。ＳＰを貯蓄しておいて、あとで覚えるという手段もありますけど……』

『よしっ、使おう』

『いや、決断が早い!!　本当にいいんですか!?』

『悩んでもしょうがないし……今回は補助魔法を強化したい』

レイトはすでに強化した能力ではなく、まだ強化を施していない支援魔術師の能力にＳＰを使うことに決める。

レイトはアイリスに、能力の強化した場合の結果を尋ねた。

『「筋力強化」を強化するとどうなる？』

『「限界強化」というスキルに進化します。身体能力が一気に強化できるようになりますね。ただし、身体能力の強化の倍率は本人の肉体に合わせて自動で変化します』

『どういうこと？』

『具体的に言うと、「筋力強化」だと今の身体能力の三〜四倍くらいしか強化できませんけど、「限界強化」なら六〜七倍まで強化できます。身体を鍛えればさらに強化できるかもしれません。あ、でも強化した分だけ肉体の負荷が大きくなるのは改善されないので、そこは気を付けてください』

『へえ〜』

アイリスの説明にレイトはしばらく考え込む。

身体能力が今以上に強化されるのは魅力的だが、肉体の負荷が大きくなるとなると悩んでしまう。

『「魔力強化」は？　何気にこれが一番気になる』

『「付与強化」というスキルになります。こちらは元々の能力が強化されるというわけではありません。代わりに新しい効果が付加されます。今までの「魔力強化」は魔法しか強化できませんでしたが、「付与強化」は武器や道具に魔力を送り込むことができるんです』

『今までも似たようなことをしていた気がするけど……』

『いえ、「付与強化」は送り込む魔力の属性を操れるんです。たとえばレイトさんの「重力剣」や

『「重撃剣」は剣に土属性の魔力を送って発動していますよね？』

『うん』

『「付与魔法」を使えば、たとえば武器に火属性の魔法を送り込んだら刀身に火炎をまとわせられます。あと、武器を使用しなくても身体から炎や電気を自在に出せるようになります』

『おおっ』

レイトが剣に送り込める魔力の属性はこれまで限定されていた。

だが、「付与強化」を覚えると剣にあらゆる属性の魔力を付与できるようになるらしい。

新しい能力が追加されることにレイトは興奮を隠せず、その一方で驚異的に能力が強化されるわけではないことが残念でならない。

『それなら「回復強化」は？』

『「回復超強化」になりますね。単純に回復速度が跳ね上がります。魔力の消費は大きいですが、瞬時に肉体の負傷を治せるようになりますよ』

『単純だけど便利そうだな』

回復強化は他の二つと違って能力が大きく向上するというだけだが、今までよりも回復速度が増すという点は素晴らしい。

三つの補助魔法についての強化後の説明を聞き終えたレイトが思い悩んでいると、アイリスが思い出したように言葉を続けた。

『あ、それと収納魔法も強化できますよ』

『あ、そうか。収納魔法も補助魔法だったか』

レイト本人も忘れていたが、収納魔法も支援魔術師固有の魔法である。

レイトは念のため内容を確認する。

『収納魔法はどんな感じに強化されるの？』

『「空間魔法」というものに変わります。名前は少し格好いいように聞こえますね。異空間に固体以外のものを回収できるようになります』

『固体以外ね……』

『はい。それだけじゃなくて、収納魔法の発動範囲に限界がなくなります。今までの収納魔法はレイトさんの周囲にしか発動できませんでしたが、空間魔法の場合だと視界に見える範囲ならどんな場所でも黒渦《くろうず》を作り出せますし、場合によっては黒渦をその場に固定させることもできます』

『それはすごそうだけど……制限重量とかは増加しないの？』

『しません。そちらは残念ながら使用者の魔力容量次第です』

収納魔法の強化は魅力的だが、肝心の制限重量が増えないのは残念だ。

レイトはしばらく考え、決断した。

『よし、俺は四つの補助魔法を全部強化する』

『いいんですか？　一度使用したらあと戻りできませんよ』

『私は一向に構わんっ!!』

『どこの中国拳法家ですかっ』

アイリスとの交信を終え、レイトはステータス画面を開く。そしてSPを消費して補助魔法に強化を施した。これで彼は、ついに自分の職業の能力全てを強化したことになる。

「おおっ……一気に変わったな」

四つの補助魔法の文章が変化し、熟練度の数値がゼロになる。スキルが進化すると熟練度はリセットされるため、また地道にスキルを使用して上昇させるしかない。

「試すのは別の日にするか……眠い」

アイリスとの交信で精神力が消耗している。

レイトは今度こそ自宅に帰宅して身体を休ませることにした。

◆
◆
◆

翌日、氷雨のギルドに存在する訓練場。

そこでは、荒れた様子のシュンが後輩の剣士に剣の指導を行っていた。

剣聖の称号を持つ者はギルドに滞在中、交代制で剣を使用する冒険者を指導する役目を言いつけられている。本日の当番はシュンであった。

シュンは現在、剣の指導という名目で後輩に八つ当たりをしている。

「おいガロ!! この前の威勢はどうした!? さっさと起きろっ!!」

「か、勘弁してくれよ……!?」

「ちっ……少しは成長したかと思えば、結局は腑抜けに逆戻りかよ」

「くっ……!!」

木刀を所持したシュンは、自分が地面に叩き伏せたガロという冒険者に吐き捨てるように言った。

シュンはいらだちを隠そうともせず、次の人間の指導をするために声を荒らげて呼びかける。

「もういい!! 次の奴、出てこいっ!!」

「ひぃっ!?」

悲鳴を上げたのはその場にいた一人の女性だった。訓練場に立っているのはシュンを除けば女性の冒険者しかおらず、男性は全員地面でノビている。

シュンはその声を聞いて、いくぶんか冷静さを取り戻した。

「っと……男子はもういないのか、悪い悪い。もういいよ」

「「「ほっ……」」」

シュンが木刀を収めると、周囲にいた女性達が一斉に安心してため息をついた。

彼は女性には手を上げないと決めている。自分が剣を向ける相手は男性のみと心に誓いを立てていた。例外は自分の剣の師匠か、あるいは自分と同じ剣聖の称号を持つ剣士だけである。

そのとき、シュンの指導を見守っていた獣人族《ビースト》の男性がついに怒声を上げた。

「シュン!!　いい加減にせんかっ!!　お前、遅れて戻ってきたと思ったら何をしている!?」

そう怒鳴ったのは剣聖のロウガである。

シュンはロウガに怒鳴り返す。

「うるせえなっ!!　今日は俺の当番だ!!　好きにやらせろっ!!」

「そうはいかん!!　自分が不機嫌だからといって、仲間を不必要に叩きのめすのは許さんぞっ!!」

床に転がる男性の剣士達が恨めしそうな顔をシュンに向ける。

シュンはため息を吐き出し、少し我を失っていたことを自覚した。

「ふうっ……もういい、今日の指導はここまでだ。俺に負けた奴は都市の防壁の周りを十周してこい!!」

「「「は、はい……」」」

「お疲れさん」

一応労《ねぎら》いの言葉をかけて、シュンは訓練場を立ち去った。

「「「お、お疲れ様でした……」」」

シュンがその場にいなくなると、誰もが安心した表情を浮かべる。

シュンの姿が見えなくなった瞬間、傍に控えていた治癒魔導士の人間達が慌てて駆け寄り、怪我の治療をする。訓練中はよほど重傷を負わなければ治療してはならないのが規則であり、打撲程度では治癒魔導士が動くことすら許されない。

「ガロ、大丈夫？」

ガロと同じパーティの冒険者、ミナが心配そうに声をかける。

「いててっ……くそ、あの野郎」

ガロは悪態をつきながら立ち上がった。

そこに、もう一人のパーティメンバーであるモリモもやってきた。

「今日のシュンさんは随分と荒れていたな。まさか、最後に『魔法剣』まで使用するなんて……普段は絶対に練習試合では見せないのに」

最後にシュンと対戦したガロだけは、シュンの奥の手である「魔法剣」を使わせるまで追い込んだが、結局は一撃で倒されてしまった。純粋な剣の腕ならばガロはギルド内でも十本の指に入るが、剣の腕のみを磨いても「剣聖」という称号は手に入らない。

「絶対にいつかぶちのめしてやる……あいでぇっ!?」

「おい、無理するな馬鹿っ!!」

「もう、治療してあげるから動かないでよっ!!」

モリモとミナに押さえられながら、ガロは右腕の傷跡の治療を受けた。「魔法剣」によって付けられたその傷は鋭利な刃物で斬り裂かれたような見事な斬り口ではあるが、彼はシュンの斬撃を一度も直接受けていない。最後に倒れていたのも「魔法剣」で吹き飛ばされただけで、他に外傷はなかった。

「それにしてもシュンさん、今日はどうしてあんなに不機嫌だったんだろうな」

モリモの言葉に、ミナが反応する。

「昨日から様子はおかしかったよ。朝帰りしたと思ったら急に戦闘指導なんて珍しいよね。普段の当番はよくサボるのに」

「どうでもいいよ。ちっ、さすがだな……傷口が綺麗すぎてすぐに治りやがる」

回復薬をかけた瞬間、ガロの傷口が一瞬で塞《ふさ》がった。逆にそれがシュンの「魔法剣」の凄《すさ》まじさを物語る。

ガロは木刀を握りしめて立ち上がる。

「くそっ!! どいつもこいつも俺をバカにしやがって……モリモ、練習に付き合えっ!!」

「ええっ!? 無理するなよ……」

「うるせえっ!! ミナ、お前も手伝え!!」

「ええっ……僕、今日は非番なのに」

「今日の晩飯を奢《おご》ってやるから付き合えよ!!」

「しょうがないな……少しだけだよ？」

夕飯を奢ってくれると聞いて、ミナは渋々承知した。

するとモリモがガロの肩を叩く。

「おい、ガロ。当然、俺にも奢ってくれるんだよな？　ミナだけなんてずるいぞ」

「うっ……わ、分かったよ」

「よし、言ったな⁉　おい、みんな‼　ガロが練習に付き合えば飯を奢ってやるってよ‼」

「あ、馬鹿てめぇっ⁉」

ガロはとんでもないことを口走るモリモを押さえつけようとするが、体格で勝る彼を止めることはできない。

モリモの言葉に、痛めつけられて鬱憤《うっぷん》が溜まっている剣士達が反応する。

「本当か、その言葉？」

「男に二言はねえぞガロ‼」

「この間の恨み、晴らさせてもらうぜっ‼」

「くそっ……もういい、かかってきやがれ雑魚《ざこ》ども‼」

「「「言ったなこの野郎ぉおおっ‼」」」

その場にいた全員がガロに襲いかかり、彼はそれを木刀で迎え撃つ。

その光景にロウガは深いため息を吐き出した。そしてその一方で、彼はシュンの様子が気にかかり、あとで理由を問い質すことにしたのだった。

◆　◆　◆

——自宅に戻ったレイトは昼過ぎまで仮眠を取り、起きたあとはウルの背中に乗り込んで冒険者ギルドに向かった。適当な依頼を引き受け、魔物を相手にどれだけ自分の力が伸びているのかを確認するためである。

「よっ、みんな元気～？」

「あ、レイトさん!!」

「お疲れ様ですレイトさん!!」

レイトがギルドに入ると冒険者達が口々に挨拶した。レイトはまるで人気の芸能人になったような気分で彼らに挨拶を返しながら、依頼書が貼り出されている掲示板を確認する。すると「イミル鉱山」という懐《なつ》かしい場所の名前が刻まれた依頼書を発見した。

その依頼書の内容を確認する。

『最近、イミル鉱山にオオツノオークが棲《す》み着きました。こちらの鉱山を棲み処《か》として動植物を食い荒らしており、このままでは復興中の近辺の村や町まで被害に遭《あ》うかもしれません。どうか討伐をお願いします』

「これでいいかな」

レイトが依頼書をちぎろうとすると、背後から声がかかった。

「おいおい、そんなのを受けるのかい？　あんたならもっと難易度の高い依頼でも問題ないだろう」

「なっ……オーガ!?」

「誰がオーガだい!!」

レイトが振り返ると、そこに立っていたのはバルの姿であった。レイトとは久し振りに顔を合わせる。

最近の彼女は外に出向くことが多く、受付嬢はしばしば「ギルドマスターが行わなければならない書類が山積みになっている」と嘆いているのだが、当の本人はまったく気にしている様子はない。

「それよりあんた、報酬の項目をちゃんと見たのかい？」

「報酬……？　あ、これお金じゃなくて物品なのか」


『報酬：風魔石《ふうませき》——風属性の魔法威力を高める魔石』


依頼書の報酬欄にはそう書かれていた。レイトが所持している「紅魔石《こうませき》」や「水晶石《すいしょうせき》」と同じような効果を持つ魔石であり、貴重な代物である。

報酬が魔石という依頼は珍しいが、基本的に魔石は高級品なので仮に魔術師以外の職業の人間が手に入れても損はしない。不要と判断したのならば売却すればいいだけなので、魔石が報酬でも文句を言う冒険者は基本的には皆無である。むしろ、希少価値のある魔石のほうが魔術師との交渉材料にも利用できるため人気が高い。

バルはレイトに忠告する。

「その依頼を引き受けるのなら、気を付けたほうがいいよ。実は、少し前にその依頼を受けた冒険者集団がいたんだけどね。想定よりもとんでもない数のオオツノオークが棲み着いていて、命からがらで逃げ帰ってきたのさ」

「でも放置したら危険じゃないの？」

「あんたはオオツノオークを知らないのかい？　オークの上位種だけど、あいつらは本当になんでも食うんだよ。食料が枯渇《こかつ》したら自分の仲間達であろうと共食いする危険な奴らさ。大方、狩猟《しゅりょう》祭《さい》で持ち込んだ魔物使いが面倒を見切れなくて外に逃したんだろうね」

「なんて無責任な……ペットは最後まで責任を持って飼うべきでしょ!!」

「いや、別にペットとは違うと思うけどね……まあ、そういうわけで、その依頼は別に放置しても構いやしないのさ。餌がなくなれば、あいつらは勝手に自滅するよ。それに近隣の村や町の住民には警告もしてあるし、一応冒険者の護衛も付いているからね」

「でも放置するよりは倒したほうがいいんでしょ？」

「それはそうだけど……あたしとしてはあんたにあんまり目立ってほしくないんだよね」

マリアにレイトのことを任されたバルとしては、これ以上に彼が目立つような行動は避けてほしい。レイトもなんとなく彼女の気持ちを察したが、依頼した人間からすれば一刻も早く解決してほしい問題に変わりはない。

レイトは依頼書を剥《は》ぎ取る。

「これ、受けるよ」

「いいのかい？」

「大丈夫。それに、この依頼をこなしたらちょうどいい具合にウルの餌代が浮きそうだしね」

「食うのかいっ⁉」

レイトは自分の能力を確かめるいい相手と判断して依頼を引き受けた——

◆　◆　◆

——ある程度の準備を整えたレイトは、ウルとともにイミル鉱山に向かう。足の速い白狼種《はくろうしゅ》のおかげで、一時間程度で目的地に到着した。

レイトはイミル鉱山で吸血鬼《ヴァンパイア》のゲインと戦闘したことを思い出す。

「あのときから俺も成長したのかな……」

「ウォンッ‼」

「分かってる、行こうか」

思い出に耽《ふけ》っている時間も惜しい。

レイトはウルとともに懐かしの鉱山の山道を登る。途中の道でいくつもの魔物の骨を発見し、中には人間と思われる頭蓋骨《ずがいこつ》も存在した。この場所にオオツノオークが生息しているのは間違いない。

レイトは空間魔法を発動し、退魔刀を取り出して背負った。

「ウル、何か近付いてきたら教えろよ」

「クゥンッ……」

「え？　変な匂いが邪魔して鼻が利《き》かない？　……本当だ、なんか臭いな」

いつもならばウルの嗅覚を頼りに接近してくる魔物を感知できるのだが、なぜか鉱山一帯に奇妙な匂いが漂っており、ウルの鼻が上手く機能しない。レイトも最初は気付かなかったが、確かに嗅覚に集中すると花の蜜のような甘い匂いが漂っている。

「なんの匂いだ？」

「クゥンッ」

「嫌な匂いじゃない？　それならいいけど……あ、こういうときこそアイリスに聞けばいいのか」

異臭の正体を掴むため、レイトはアイリスと交信を行おうとした。

そのとき、彼の「気配感知」の技能スキルが発動する。即座にレイトは退魔刀を引き抜き、自分達が進もうとした山道に視線を向ける。

すると、段々魔物の姿が見えてきた。

「プギィイイイッ……」

一体のオークらしき魔物が欠伸《あくび》をしながら現れた。だが、通常のオークよりも頭一つ分だけ身長が大きく、鼻から生えている牙が異様に長い。レイトはこのオークが依頼書に記されていた「オオツノオーク」だと判断した。

オオツノオークはまだこちらに気付いている気配はない。

レイトは合成魔術を発動して気を引こうとしたが、寸前で思い留まって周囲を見渡し、ちょうどいい具合の岩を発見する。大きさはオオツノオークの頭部ほどだ。

彼はその岩に掌を構えて空間魔法を発動した。

「さあ、どんな感じだ？」

岩の真上にブラックホールのような黒渦が誕生し、降下して岩を完全に呑《の》み込む。異空間に無事に岩を収納したことを確認したレイトはオオツノオークに目を向け、「遠視」と「観察眼」の技能スキルを発動して狙いを定める。

「ここっ‼」

「フゲェッ⁉」

「ウォンッ⁉」

オオツノオークの上空に空間魔法の渦が誕生し、そこから先ほど収納した岩石が落ちてきた。

唐突に頭上から落ちてきた岩石にオオツノオークは反応できず、見事に命中する。

オオツノオークは脳震盪《のうしんとう》を起こして倒れ込み、泡を噴《ふ》いて気絶した。レイトは自分の考えが上手くいったことに握り拳を作り、退魔刀を構えて気絶したオオツノオークに近付く。

「とどめっ!!」

「グゲェッ!?」

レイトは容赦なく地面に倒れ込んだオオツノオークの頭部に大剣を突き刺した。

オオツノオークが絶命したのを確認して、レイトは退魔刀を背中に戻す。念のためオオツノオークが何か所持していないか確かめたあと、先を急ぐ。

「あ、そういえばこっちのほうに小川があったような……少し寄るよ、ウル?」

「クゥンッ？」

小川に寄り道するという言葉にウルは首を傾げる。飲料水は出発する前に準備していたが、今回のレイトの目的は飲み水ではない。

「空間魔法の使い道を思いついたよ」

◆ ◆ ◆

十分後、小川で用事を済ませたレイトはウルとともに山道を登り、やがて山頂の採掘場に辿り着く。依頼書にはオオツノオークの数は二十〜三十体だと推測されると書かれていたが、実際にはそれ以上の数のオオツノオークが存在した。

「ブヒィッ!!」

「プギィイイイッ!!」

「プギギッ……!!」

採掘場のあちこちからオオツノオークの声が聞こえる。

レイトとウルは地面に伏せながら様子をうかがう。目に見える範囲でも五十体はいた。

オオツノオークは騒ぎながら、鉱山の周辺から集めたと思われる魔物の死骸に食らいついていた。

「予想よりも随分と多いな。気付かれるなよウル」

「クゥンッ……」

「隠密《おんみつ》」と「無音歩行」のスキルを発動しながら、レイトはオオツノオークの観察をする。ウルも彼に従って目立たないように常に地面に伏せていた。

幸いと言うべきかオオツノオークは人間のように宴《うたげ》を行っている様子であり、こちらに気付く気配はない。オオツノオークの周囲には、商団の馬車から奪い取ってきたのか大量の木箱も散乱していた。木箱の中にあったと思われる机や椅子を利用している個体も見られる。

予想外の数の多さに呆れながらも、レイトは観察を続け、採掘場に存在するトロッコに気付く。車輪が壊れた状態でいくつか放置されており、中に隠れることもできそうだが、そこまでの移動手段がない。正面突破もできなくはないが、もしも戦闘の最中にオオツノオークが鉱山から逃げだしたら面倒な事態に陥《おちい》る。

「ん？　あれが匂いの正体か？」

「スンスンッ……ウォンッ」

採掘場に山積みされている木箱の中に、青色の花びらが特徴的な花が大量に積まれており、その花の匂いが採掘場を満たしていた。

「確かあれは魔力草だったよな……昔、アリアが育てていた植物だ」

まだ幼いレイトが森の屋敷で過ごしていた頃、アリアが魔力の回復を促す薬草を育てていたことを思い出した。彼女が育てていた花より色合いが微妙に濃いので別種の可能性はあるが、ひとまずこの大量の花の匂いが鉱山を覆《おお》い込んでいた甘い香りの正体で間違いない。

レイトは比較的近くに存在する八体のオオツノオークを見た。腹を満たして満足したのか眠りこけている。

「よし、まずはあいつらから仕留めるか。ウル、俺が合図したら大きな声であいつらを威嚇《いかく》しろ」

「ウォンッ？」

「いいから俺を信じろって……これがいいかな」

レイトは「氷塊」の魔法で氷の槍を作り出す。

「まずはこいつを試すか……『付与強化』」

「オンッ⁉」

「付与強化」を発動した瞬間、レイトの掌を通して「雷属性」の魔力が氷の槍に流れ込んだ。通常、氷塊の魔法に「魔力強化」を施した場合は冷気が増すのみだが、今回は「雷属性」の魔力を送り込んだので、氷の槍に電流が迸《ほとばし》る。

「よし、成功した。あとはこいつを利用して……今だ‼」

「ウォオオオオンッ‼」

準備を整えたレイトが合図を送ると、ウルが咆哮《ほうこう》した。

「「「ッ⁉」」」

採掘場のオオツノオーク達が彼らに視線を向ける。眠りこけていた個体も目を覚ました。

だが、相手が動きだす前にレイトは空間魔法を発動した。

「喰らえっ‼」

「「「プフゥウウウウッ⁉」」」

空間魔法の黒渦から、事前に小川に立ち寄ったときに回収していた「一トン」を超える大量の水が放たれた。水はレイトが狙いをつけたオオツノオーク達の身体を呑み込み、水びたしにする。

その光景を確認したレイトは「投擲」の技能スキルを利用し、氷の槍を投げ込む。冷静に考えれば氷塊の魔法で生み出した氷は彼の意志で操作できるので別に投げ込む必要はないのだが、レイトがそれに気付いたのは投げたあとだった。

投げられた槍は「命中」の技能スキルのおかげでレイトの狙い通りの軌道を描く。やがて槍はオオツノオークの足元にある水溜まりに落ちた。

次の瞬間、水溜まりに電流が走る。

「「「プギィイイイット!?」」」

「ブヒィッ!?」

「プギャッ!?」

水を被《かぶ》っていたオオツノオーク達は電撃を受けて悲鳴を発し、その光景を見た他の個体も驚愕の声を上げ、水溜まりから離れようと慌てて逃げだす。

「よし、行くぞウル!!」

「ガアアッ!!」

かけ声とともにレイトとウルは採掘場に向けて駆けだす。

レイトは退魔刀を引き抜きながらオオツノオークを目がけて「縮地」のスキルを発動し、次々と斬り込む。

「『回転撃』!!」

「プギャアッ!?」

「ブヒィッ!?」

身体を回転させる要領で二体のオオツノオークの胴体を切断し、続けて背後から接近してくる個体を「気配感知」のスキルで感じ取り、振り返ると同時に退魔刀を放つ。

「プギィイイッ‼」

「『旋風撃』っ‼」

背後から飛びかかってきた相手の身体を真っ二つにする。そしてレイトは本気で戦闘を行うため、「限界強化」を発動して身体能力を上昇させた。

「『限界……強化』‼」

魔法を使った瞬間、レイトの肉体に聖属性の魔力がわずかに迸った。今さらながらにレイトは「筋力強化」系の補助魔法が聖属性だと初めて知る。

魔力を全身から迸らせた状態で、レイトはオオツノオークの群れに突っ込む。

「『兜砕き』‼」

「プギィッ……⁉」

相手が反応する前に放たれた大剣の刃が、オオツノオークの巨体を一刀両断し、左右に斬り裂かれた肉体が地面に倒れ込む。

その一方でレイトはあまりの手応えのなさに驚きを隠せなかった。そして今までよりも肉体が強化されていると実感し、今度は戦技を発動せずに斬りつけた。

「せいっ‼」

「ブヒィイッ⁉」

「このっ!!」

「プギャアアッ……!?」

退魔刀を振る度にオオツノオークの肉体が斬り裂かれ、あるいは貫かれる。

戦闘を開始してから四十秒も経過しないうちに、半数近くのオオツノオークの死骸が地面に並んだ。

「ガアアッ!!」

「プギィイイッ!?」

「ブヒィッ!?」

ウルも負けずに自分の身体にカマイタチのような風の刃をまとわせてオークの急所を確実に切り裂き、一匹も逃さぬように走り回る。オオツノオークの群れのほとんどは大量の食糧を食べ終えたあとなので腹が膨らんで動きが明らかに鈍《のろ》かった。レイトとウルは容赦なくオオツノオークを殲滅《せんめつ》させていった。

「お前で最後だ!!」

「フゲェエエエッ!?」

レイトは最後の一体に向けて退魔刀を振り翳し、格闘家の戦技「疾風突き」と剣士の戦技「刺突」を組み合わせた新しい技を放つ。

凄まじい勢いで放たれた退魔刀の刃はオオツノオークの胴体を貫通した。

「ふうっ……これで終わりだな」

「ウォンッ!!」

無事に戦闘を切り抜けたレイトの元にオークの返り血を浴びたウルが駆け寄った。

「うわ、口元を拭《ふ》いてからじゃれてこいっ!!　まったく、しょうがない奴だな……」

「クゥ～ンッ……」

レイトは苦笑しながらも布を取り出して顔の部分だけを拭《ぬぐ》い取る。周囲には五十体を超えるオークの死骸が転がっていた。

深淵《しんえん》の森を抜け出してから半年以上が経過している。森の中で暮らしていたときと比べて両者とも確実に成長しており、特にレイトは大幅に強化されていた。また、様々なスキルも習得しており、バルから教わった「撃剣」の技術を生かして自分だけの剣技も完成させた。

「俺達も成長したな……いててっ!?」

「ウォンッ!?」

「くそ、久しぶりだなこの感覚……」

「限界強化」の効果が切れたことで肉体に負荷が一気に襲いかかる。レイトは衣服が汚れることも気にせずにその場に座り込み、ため息を吐き出した。

レイトは子供の頃に「筋力強化」の魔法を初めて使用したときのことを思い出す。そのときは肉体負荷に耐え切れず倒れてしまったのだった。

数年かけて「筋力強化」の熟練度を限界まで上昇させ、さらに自身の肉体を鍛え上げたことで肉体負荷にも耐えられるようになったが、進化した「限界強化」はこれまで以上に身体能力を上昇させるため、肉体への負荷も増していた。

「いててて……『回復超強化』!!」

レイトの掌に聖属性の魔力が迸り、彼はそれを自分の肉体に押し当てる。すると自身の肉体に聖属性の魔力が満ちた。レイトの全身は繭《まゆ》のように光り輝き、わずか数秒で激痛が消失した。

「お、おおっ……すごいなこれ、もう回復した」

「クゥンッ？」

一瞬にして痛みがなくなったことにレイトは動揺を隠せない。「回復超強化」の回復速度は、通常の「回復強化」の数倍だった。

だが、その反面に魔力の消耗量も多くなっており、腰を上げたレイトは立ちくらみを覚える。

「うっ……かなり魔力を使うな。これだと連続で使えそうにないな」

「ペロペロッ……」

「うわ、大丈夫だって……こんなことならコトミンも連れてくるべきだった」

回復魔法を扱える人魚族《マーメイド》のコトミンを連れてくれば、怪我や筋肉痛の治療を簡単に行える。今後も回復役は基本的に彼女に任せることになるだろうが、「回復超強化」の回復力は侮《あなど》れない。もしも重傷を負った場合、自分で回復できるという点では心強い。

「これで一通りは新しい補助魔法の効果を確認できたな。『限界強化』と『回復超強化』は発動するときは気を付けないと……熟練度を上げればデメリットが改善されるかもしれないけど」

「ワンッ!!」

「うわ、びっくりした。お前、いつの間にそんな鳴き声も上げられるようになったんだ。普段は『ウォン』とかなのに」

「クゥンッ♪」

久しぶりに二人きりなので、ウルは昔のようにレイトに甘えようと身体を擦《す》りつける。だが、現在のウルはオオツノオークの返り血が付いているため、あまり密着されると服が汚れる。

レイトはため息をつき、あとで小川でウルの体を洗うことを決めた。

「あ、オオツノオークの死体から牙を回収しておくか。肉のほうもウルのご飯に利用できそうだし、今日はたくさん持ち帰ることになるぞ」

「ウォンッ!!」

「ん？　ああ、トロッコか……」

ウルが、車輪が壊れて放置されているトロッコを前足で器用に指差した。

「あ、そうか。車輪の部分を直せば台車代わりに利用できるかも。頭いいなお前……ついでにこの木箱も持っていくか。持ち主が生きているかは分からないけど」

レイトの錬金術師の能力を使用すればトロッコを修理できる。少し改造すれば馬車の代わりに荷物を持ち運ぶこともできるだろう。

レイトは大量の魔力草が詰められた木箱を確認し、念のためにこちらも回収しておくことにした。オオツノオークが商団を襲撃して奪い取った品物らしく、木箱の表面にはどこかの商団の紋章が刻まれている。ギルドに提出すれば追加の報酬をもらえる可能性が高い。

「じゃ、牙から回収しておくか。ウル、お前は他の奴らがいないか見張っててくれ」

「ウォンッ!!」

魔力草の木箱は空間魔法で回収し、討伐の証《あかし》としてオオツノオークの牙と、ついでに持てるだけの量の肉を「解体」の技能スキルで剥ぎ取る。容量の都合で持ち切れない荷物や魔力草の木箱はトロッコを修理・改造して運ぶ。

こうして、レイトは依頼以上の成果を上げて冒険者ギルドに帰還した。

——だが、レイトのこの判断がさらなる事態を呼び寄せる。翌日の早朝、レイトの自宅にギルドの職員が慌てた様子で訪れてきたのだ。

◆　◆　◆

「なんなんだよ、こんな朝早くから……朝食の準備をしないといけないのに」

「いいから早く来てください!!　とんでもない人がギルドにいらしてるんですよ!?」

レイトは寝ぼけ眼《まなこ》で、ギルド職員に連れられながらギルドの建物にやってきた。早朝の時間帯にもかかわらずそれなりの人数の冒険者が集まっている。

彼らはレイトの顔を見ると慌てて駆けつけてくる。

「おい、何したんだよお前!?」

「何かしでかしたのか？」

「ふぁあっ……なんの話？」

「ちょっとどいてください!! ほら、邪魔っ!!」

駆け寄ってきた冒険者達をギルド職員が一喝してどかせた。

職員はレイトをギルド長室に案内して、中に入るように言った。一体何事かとレイトは不思議に思いながらも扉をノックして入室した。

「ひふれいしまぁす」

レイトが欠伸しながら挨拶すると、バルが待っていた。

「お、やっと来たね……まあ、詳しい話はこいつから聞いてください」

「おおっ!! 兄さんが我が商会の命の恩人ですか!!」

レイトの前に、猫耳を生やした獣人《ビースト》族の女性が歩み寄ってきた。年齢は二十代後半だろうか。

猫目が特徴的な女性は笑みを浮かべながらレイトに握手を求める。レイトは首を傾げるが、一応は握手に応じた。

「うちの名前はフェリスと言います。今回はうちの商会の積荷をオークどもから回収してくれたようで助かりましたわ」

「商会……？」

「あれ？　もしかして知りませんか？　ドルトン商会の名前くらいは聞いたことありませんか？」

レイトはしばらく考え、思い出した。

「えっと……あ、そうだ。確かこの都市の魔道具店の……」

「そうそう、うちらは魔道具を取り扱う商売人ですわ」

「レイト、この人があんたが持ち帰った魔力草の持ち主だよ」

バルの説明にレイトはようやく事情が分かった。どうやらこの女性はレイトにお礼を言いに来たらしい。だが、こんなに早くに持ち主が訪れるとは予想外であった。

フェリスと名乗る女性に勧められて、レイトは彼女と向かい合う形でソファに座る。

「いや、ほんまに助かりましたわ。兄さんのおかげでうちの大切な商品を取り戻すことができましたわ。まあ、半分近く食い荒らされていたのは残念やけど……」

「はあ……」

妙な喋《しゃべ》り方をするな、とレイトが思っていると、フェリスがそれに気付いて説明する。

「あ、うちの言葉が気になりますか？　すみませんね、こっちの地方の人には聞き慣れないかもしれませんけど、うちの生まれた場所ではこの言葉遣いが普通なんですわ」

「そうなんですか」

彼女の口調は方言のようなものらしい。

レイトは話を進めることにする。

「それで今日はどうしてこちらに？」

「ああ、本当は使いの者を出してあんさんを招こうかと考えたんですが、今は色々と忙しくてそれも叶わず、うちが直接お礼を告げようと思って参りました。どうぞ、まずはこれをお受け取りください」

フェリスは自分の首からペンダントを外して机に置いた。最初はペンダントを渡すつもりなのかと考えたが、どうやらこれは「収納石」で作り出されたペンダントらしかった。

ペンダントから机の上に大きな木箱が出現する。

「これがうちからのお礼です。金銭がいいかとも思ったんですが、実は先日の闘技場の試合、兄さんの活躍をうちも見てました。だから、もしかしたらお金よりもこっちのほうが嬉しいんじゃないかと思いまして……」

「えっ？」

彼女の言葉に不思議に思いながらもレイトは木箱を開けてみる。

その中には、彼が最も欲しいと思っていた代物が収められていた。

「あれ、これって……反鏡剣《はんきょうけん》!?」

「はあっ⁉　そんな馬鹿なっ⁉」

木箱の中に入っていたのは見覚えのある鞘に収められた長剣だった。レイトは驚きの声を上げ、隣に座っていたバルも動揺を隠し切れない。

バルは慌てて長剣に手を伸ばし、鞘から剣を引き抜いて確認する。鏡のように美しく光り輝く刀身が露《あら》わとなり、それはまさしく本物の反鏡剣だった。

この反鏡剣は、レイトがかつて手に入れた聖剣カラドボルグをとある鍛冶師に修復を頼んだ際、一時的に聖剣の代わりの武器として借りていた名剣である。鏡のように研ぎ澄まされた刃はあらゆる魔法を撥《は》ね返す力を持つ。

「ま、間違いない……それにこの剣の柄に彫られている紋章、爺《じじい》の剣じゃないかいっ⁉」

バルが驚きの声をあげた。

「爺……？　よく分かりませんけど、それは最近うちの店で買い取った品物ですわ。金に困った小髭族《ドワーフ》のお爺さんが持ち込んできて、安くてもいいから買い取ってほしいと泣きつかれましてな。かなりの業物《わざもの》のようでしたので金貨三十枚で買い取らせていただきましたわ」

「あのくそ爺……そこまで金に困ってたのかい」

「ええっ……」

フェリスの説明に、あまりの情けなさにバルが頭を抱え、レイトも呆れてしまう。この反鏡剣はやはりバルの知人の酒好きの小髭族《ドワーフ》のもので間違いなく、金に困って正当な価格の十分の一の値段でドルトン商会に売却したことが発覚した。

「でも、こんな高価なものを受け取れませんよ」

レイトがそう言って断ろうとすると、バルが信じられないとばかりに怒鳴る。

「あんた、何を言ってんだい⁉　こんな名剣をタダで手に入れられるんだよ‼　ここは素直に受け取りなっ‼」

「なるほど、お二人の反応から察するに、やはりこの反鏡剣というのは相当な価値があるのですね？」

だが、フェリスは彼の言葉を予想していたように笑みを浮かべ、どこからか扇子《せんす》を取り出して自分の掌を叩く。そして細い目をわずかに開き、瞼の隙間から見える黄色い瞳でレイトを見据える。

「実はうち、レイトさんに頼みたいことがあります。ああ、その剣は受け取ってください。何を言われようとレイトさんに渡すつもりだったんで、好きに使ってもらって構いません。あとで返せなんて恥知らずなことも言いませんから安心してください」

「はあ……それで頼みごととは？　冒険者として依頼したいということでしょうか？」

「まあ、そういうことでんな。もっとも、魔物の討伐や商団の護衛をしてほしいなどという、ありきたりな仕事じゃありません。レイトさんにはうちの商会の代表として、近々闘技場で行われる『第一回闘技王決定祭』に参加してほしいんですわ」

「闘技王……決定祭？」

「おいおい……まさか本当に開催されるのかい？」

フェリスの言葉にレイトは首を傾げ、バルは心当たりがあるのか呆れた表情を浮かべた。

フェリスの説明によると、近々この都市で「狩猟祭」の代わりとなる大規模な大会が開かれるらしい。そしてここ最近の闘技場の人気を利用して大々的な宣伝を行い、闘技場で好成績を残した人間だけが参加できる武芸大会を開く予定なのだそうだ。

「この闘技王決定祭──通称『闘技祭』にはすでに各ギルドの腕利きの冒険者、それに他の街のギルドの人間の参加も決まってます。そしてうちの商会に所属する護衛の人間も参加する予定だったんですが、大会前に無茶しすぎて身体をぶっ壊してしまいましてなぁっ」

「それはまたドジをしたね」

「この闘技祭を観戦するために世界中から大勢の人間が集まります。当然、その中には有力貴族や国のお偉いさんもいます。冒険者同士の本気の戦闘なんて滅多に見られるもんじゃないし、それにこれは腕の立つ者を勧誘する絶好の機会です。今の時期はどこの国も有力な人材を欲してますからな」

「なるほど……で、その大会に参加しろと？」

「そういうことです。うちの商会の代表として戦ってほしいんですわ」

「お断りだね。こいつはうちのギルドの冒険者だよ？」

レイトが返事をする前に、バルが面倒臭そうに断りの言葉を告げた。マリアとの約束があるので、レイトに目立ちすぎるような行動を取らせるわけにはいかない。それに黒虎に所属するレイトがドルトン商会の代表として参加すること自体がおかしな話である。仮に闘技祭でレイトが活躍しても評価が上がるのはドルトン商会ではなく黒虎のほうであるべきだ。

だが、フェリスはバルの言葉を予想していたような反応を見せる。

「そう言うと思いましたわ。マリアさんの話通り、バルさんは意外と用心深い方ですなぁっ」

「……なんだって？」

「失礼しました。実はうち、商会の他にもこのようなものを持っておりまして」

フェリスは手紙を取り出し、バルに差し出す。

バルは胡散《うさん》臭げに手紙を眺め、差出人の名前を見て目を見開いた。そして慌てて奪い取って中身を確認する。

「……なんだって!?　嘘だろうっ!?」

「どうしたの？」

レイトが聞くも、バルは聞こえなかったらしく独り言を呟く。

「くそ、どうしてあたしに相談もなく……ああ、もう!!　分かったよ畜生《ちくしょう》!!　レイト、こいつの言う通りにしてやりなっ!!」

「えっ!?」

「おおきに～」

唐突に意見を変えたバルにレイトは驚愕し、フェリスは扇子をしまう。バルの急変を疑問に思ったレイトは手紙の差出人を盗み見ると、そこには「マリア」と書かれていた。

「うちのドルトン商会は最近マリアさんのギルドと独占契約を結んでおります。レイトさんには全ての商品を三割引きで販売するように言われてますわ」

「えっ……」

「くそ、あの女……本格的にレイトを引き抜こうとしているね」

「安心してください。マリアさんも考えがあっての行動ですから……それにうちの商会がレイトさんのおかげで大損をしないで済んだのも事実、悪いようにはしまへん」

「分かってるよ。しょうがないね……うちの若いのをいじめるんじゃないよ」

「ええっ……」

事情を掴めないレイトをよそに、とんとん拍子に話が進んでしまった。

フェリスが確認するように言う。

「それでは、レイトさんはうちの商会の代表として闘技祭に参加してもらう……ということでよろしいですか？」

「えっと……よろしくお願いします」

こうしてレイトはよく理解できないまま、ドルトン商会の代表として闘技祭に参加することが決定した。

フェリスから差し出された右手をレイトが握ると、意外と強い握力で握り返される。彼女は一瞬だけ細目を大きく開けてレイトの顔を確認すると、即座に人懐っこい笑みを浮かべた。

「それじゃあ、短い間とはいえよろしゅうお願いしますわ」

「あ、はい……ひとつ聞きたいことがあるんですけど、それはなに弁でしょうか？」

「なに弁……？　意味はよく分かりまへんけど、うちの口調のことを聞いているんやろか？　さっきも話した通り、これがうちの地元の言葉です」

「あ、そうですか……」

「それでは黒虎のギルドマスターさん、レイトさんを少しの間だけお借りしますわ」

「ああ、言っておくけど傷物にするんじゃないよ？　手入れが大変だからね」

「人をもの扱いしたらあかんでっ」

『口調が移ってますよ』

レイトのおかしな喋り方にアイリスが念話でツッコんだ。

フェリスに連れられるまま、レイトは部屋を退室した。

フェリスはそのまま建物の外に移動し、ギルドの前に停めた馬車に案内する。レイトがこれまで見かけてきた馬車の中でも特に豪勢な装飾が施された代物であり、しかも馬車を引いている馬も普通ではない。

「これがうちの馬車ですわ。どう思いますか？」

「すごい馬車だとは思うんですけど……これ、もしかしてユニコーンですか？」

「へえ、ユニコーンをご存じですか？　さすがは冒険者!!　こちらの地方には存在しない種なのによく知っとるなぁっ!!」

「ヒヒンッ!!」

フェリスが馬車を引く白馬の背を叩くと、普通の馬よりも二回りほど大きな白馬が鳴き声を上げた。その額には白く美しい角が生えており、神々《こうごう》しさを感じさせる美しい毛並みと、何よりも鋭い目つきが特徴的である。

おとぎ話でも有名なユニコーンを目にして動揺を隠せないレイトに気分をよくしたように、フェリスが説明をする。

「こいつはうちの幼馴染《おさななじみ》でな、生娘《きむすめ》じゃないうちでも乗せてくれる変わり者のユニコーンですわ。こいつのおかげでうちは何度も命を救われましてな――」

「ヒィンッ!!」

「あははっ、ちょっ、話の途中で邪魔するなやっ」

ユニコーンはフェリスの顔を舐め、彼女に近付くなとばかりにレイトを睨みつける。

そんなユニコーンの態度に、レイトはため息をつきながら馬車に近付く。

「この馬車に乗って移動するんですか？」

「あ、待って!!　迂闊《うかつ》にこいつの馬車に触れたらあかんっ!?」

「ヒヒィンッ!!」

フェリスが制止する間もなくユニコーンが雄叫《おたけ》びを上げ、手綱《たづな》を引き千切ってレイトに近付き、額の角を突き出してきた。

だが、レイトは両目を赤色に輝かせて逆に角に向けて掌を伸ばす。反射的に「剣鬼」の力を発揮したため、瞳が変色したのだ。

レイトは両手で突き出された角を掴み取り、掌に血をにじませながらユニコーンの身体を押し留める。

まさか自分の攻撃を受け止められる人間がいるとは思わず、ユニコーンは驚愕して目を見開く。その視界には憤怒の表情を抱いたレイトが映っていた。

「おい……危ないだろ?」

「ヒイッ……!?」

「ちょ、落ち着いて!! ユニコも下がりっ!!」

フェリスが慌ててレイトとユニコーンの間に割って入った。

ユニコと呼ばれたユニコーンは怯《おび》えたように後ろに下がる。

その態度にフェリスは驚いた。ユニコとは長い付き合いだがここまで怯えた様子を見るのは初めてだったのだ。

〈技能スキル「威圧」を習得しました〉


「あ、なんか覚えた……なら別にいいや」

視界に新しいスキルの画面が表示されたことでレイトは冷静さを取り戻し、それと同時に目の色が元に戻る。

レイトはユニコを一瞥《いちべつ》すると、一言だけ問い質す。

「入ってもいい？」

「ヒィンッ……」

「ユニコッ⁉」

ユニコは怯えるように頷く動作を行い、フェリスは驚きを隠せずに声を上げた。

ユニコーンは知能が高い生物であり、調教によっては人間の言葉を理解するレベルにまで至る。

そしてユニコは人語を理解できるが、まさか自分を押さえつけた相手をあっさりと受け入れるとは思わなかった。

「じゃあ、行きましょうか。乗ってもいいんでしょうか？」

「そ、そやな……レイトさん、あんまりうちのユニコをいじめんでくれません？」

「こっちは刺されそうになったんですけど」

「……それは本当にすんません」

レイトの正論にフェリスは頭を下げた。

だが、普段のユニコならば馬車に近付いた人間に多少暴れることはあっても、角で突き刺そうとはしない。

彼女は一抹《いちまつ》の不安を覚える。

（もしかして……ユニコが警戒するほどやばい奴を招き入れたんやないやろか？）

ユニコが即座に攻撃行動に移ったのはレイトを脅威と判断したからではないかと考えながら、フェリスは彼を馬車に招き入れた。

2

馬車に揺られ、十数分が経過した。

レイトは移動の間、フェリスから彼女の取り扱っている魔道具について説明を受ける。

魔道具に関してはレイトもいくつか所持しているが、彼女の店では数百種類を取り扱っているらしい。

また、冒険者以外にも一般人が使用するような魔道具も販売しているとのことだった。

「へえ……フェリスさんは冒険都市の全ての魔道具店の取り締まりを行っているんですか」

レイトが言うと、フェリスは大きく頷いた。

「そらそうですわ。なんたってうちはあの氷雨のギルドマスター公認の商人です!!　この都市でうちの商会に所属していない魔道具店を出す輩《やから》は許しまへんっ!!」

「その口調も大分慣れてきましたよ……」

フェリスの話によれば、冒険都市に店を構えている全ての魔道具店は彼女の商会に所属しているそうだ。

フェリスの所属するドルトン商会は、元々は数百年前に存在した「ドルトン」という名前の小髭《ドワーフ》族が作り上げた商会なのだという。このドルトンという人物はバルトロス王国がまだ帝国と呼ばれていた時代に雑貨屋を営んでいたらしいが、ある人物との出会いをきっかけに大量の大金が手に入り、それを元手に魔道具だけを取り扱う商会を作ったのだとか。

現在のドルトン商会はフェリスが継いでいる。別に彼女はドルトンの子孫というわけではなく、元々は一介の商人に過ぎなかった。

偶然にも幼少の頃に赤子のユニコーンを拾い上げた彼女は、ユニコと名付けて育て上げ、様々な地を渡り歩いていた。そして旅の途中で手に入れた代物を売り捌《さば》くうちにいつの間にか商人として有名になり、ドルトン商会に入会した。

数年後、数々の商人の中で頭角を現した彼女は当時の会長が引退を決意したこともあり、自分が商会を引き継ぐと大々的に宣言する。ドルトン商会は実力社会なので、最も商人としての力があった彼女に逆らえる人間はおらず、無事に会長に就任したらしい。

　フェリスは馬車を引くユニコを見ながら愛《いと》おしげに言う。

「うちがここまで来られたのはユニコのおかげや。こいつはまさに、うちにとっての幸運の白馬や」

「なるほど」

「だけど今回の闘技祭に関しては、さすがにユニコに頼るわけにはいかん。だからレイトさんにはドルトン商会のために大活躍してほしいところなんやけど……」

「なんやけど？」

　レイトが先を促すと、フェリスはおもむろに話し始めた。

「実は面倒な事態になっていてな……うちの商会の護衛の中には、自分達を差し置いて冒険者を商会の代表として闘技祭に参加させることに不満を抱いている人間もいる。もっとも、その大半が闘技場でろくな成績も残せない情けない奴らやけど……一人だけ猛反対している人間がいるんですわ」

「……というと？」

「そいつは本来なら闘技祭の代表選手として選ばれるほどの実力者やったんだけど、ちょっと性格と年齢に問題があってな……だから急遽《きゅうきょ》レイトさんを雇ったんですわ」

「つまり、その人は俺に不満を抱いている、ということですか？」

「まあ、そういうことになるな」

このような展開の場合、その不満を抱く人間とやらが自分に難癖を付けてくることは容易に想像できる。

そう考えたレイトはフェリスに言った。

「分かりました。その人に会わせてください、俺のほうから説得しますから」

「ほんまですか？　それは助かるわぁっ……あ、でも、できる限り暴力沙汰は避けてくれませんか？」

「善処します」

フェリスは慌てて付け加えたが、レイトとしては相手が納得できない場合は、強硬手段もやむを得ないと考えている。そして、こういったケースでは話し合いで問題を解決できるとは思わなかった。

そんな話をしている間に馬車が停車し、大きな建物の前に到着した。

レイトは馬車を降りて建物を眺める。

それは高層ビルを想像させるほどの大きな建物だった。レンガ作りではあるが、外観はビルを意識した構造に見える。

フェリスは誇らしげに胸を張りながら説明する。

「この建物は大昔、ドルトン商会の立ち上げに協力してくれた異世界人の方の提案を受け入れて設計されたんですわ。この冒険都市は帝国時代には『帝都』と呼ばれていたんやけど、この建物は唯一帝国時代から存在する歴史ある建造物なんや!!」

「へえっ……帝国時代の」

レイトは、冒険都市がバルトロス帝国時代では都《みやこ》であったことを初めて知った。

建物に圧倒されていると、フェリスがレイトの背を押す。

「さあ、中に入りましょうか。まずは色々と建物の中を案内して……」

「会長!! お戻りになられましたか!!」

フェリスが上機嫌に建物の内部を案内しようとしたとき、出入口の扉から甲冑《かっちゅう》を身に着けた男性が現れ、鬼気迫る表情を浮かべながら彼女に近付いてきた。

その男性の顔を見た瞬間、フェリスは面倒そうな表情を浮かべる。レイトは彼女の顔を見て、接近してくる男性が先ほど話に上がっていた「護衛」の人間ではないかと予測した。

「あ～……グロウ、もう起きてたんか? また、面倒なときに……」

「会長!! 今日こそは逃がしませんよ!! どうして私が代表ではないのですか!!」

グロウと呼ばれた男性は憤《いきどお》りを隠さずにフェリスに詰め寄った。

「あ、やっぱり……」

男性の言葉を聞いて、レイトが小さく呟いた。

フェリスはやれやれとばかりに首を振り、レイトのほうを向いて話す。

「レイトさん。この男が、さっきうちが話していた商会の護衛部隊を任せているグロウや」

「む？　この男は……失礼ですがどなたですか？」

レイトの顔を見たグロウは訝しげな表情を浮かべた。まさか自分の代わりに商会の代表として連れてきた人物が、こんな少年だとは思ってもいないらしい。

フェリスはグロウの質問に答える。

「あんたもちゃんと挨拶しなさい。この人がうちの商会の代表として出場してくれる冒険者さんや」

「なんですと!?　こんなガキがっ!?」

「実力は確かや。年齢なんか関係ない」

グロウは驚愕に目を見開き、即座にレイトに掴みかかろうとする。

「貴様!!」

「おっと」

だが、レイトは後ろに一歩だけ移動して回避した。

「よ、避けるなっ!!」

グロウは顔を紅潮させて、腰に装備している長剣に手を伸ばそうとする。

それを見たレイトは空間魔法を発動し、異空間から退魔刀を引き抜いた。

その光景を見て、グロウとフェリスは仰天《ぎょうてん》した。彼らは取り出された退魔刀の、研ぎ澄まされた漆黒の刃とサイズに圧倒される。

「な、なんだ!?　貴様、何をした？」

「収納石？　いや、これは……」

「収納魔法ですけど」

「「収納魔法!?」」

レイトがあっさりと答えるとグロウとフェリスは同時に声を上げた。

グロウは収納魔法という言葉を聞いて一瞬ポカンとしたが、レイトの正体が「支援魔術師」だと悟り、笑い声を上げた。

「ふ、ふははっ!!　貴様、不遇職の支援魔術師だったのか!?　そんな奴が剣士の真似事か？」

フェリスも予想外だったらしく、目を丸くしている。

「いや〜……驚いたわ。マリアさんも人が悪いな、事前に教えてくれればいいのに……」

「支援魔術師だと何か不都合でも？」

「いやいや、別にそういうわけやないですけど……」

レイトの質問にフェリスは慌てて首を横に振った。

レイトの実力を闘技場で直接目撃しているフェリスにとっては、彼の職業が「支援魔術師」であろうと関係ない。

しかし、彼の実力を知らないグロウは小馬鹿にした様子で怒鳴りつける。

「不遇職ごときがでしゃばるな!!　どんな手を使ったのかは知らんが、会長を騙して商会の代表選手として出場しようなどとは厚かましい!!　ここで切り捨てられる前に、とっとと消え失せろっ!!」

「その不遇職と代表の座を交代させられるような人間に指図されたくはない」

「な、なんだと!?」

「ちょ、レイトさん!?」

あまりにも幼稚な挑発だが、レイトはあえて相手の言葉に反応したように退魔刀の柄を握りしめた。

そんな彼にグロウは笑みを浮かべ、長剣をゆっくりと引き抜いて構えた。

「決闘だ……代表の座を賭けて俺と正々堂々と勝負しろ!!」

「あちゃ～……やっぱり、こうなるか」

フェリスが額に手を当てて呻《うめ》いた。

レイトは望むところだったが、一点だけ気になることがあったので質問する。

「決闘ね、ちなみに正々堂々というのはどういう意味？」

「決まっているだろう!!　純粋な剣の腕を競い合うのだ!!　まあ、ろくな魔法も扱えない不遇職ならば問題あるまい？」

「実は副職がすごい魔法職だっていう可能性は考えないの？」

「ふんっ!!　支援魔術師が主職にしかなりえないことくらい知っておるわ!!　そして支援魔術師の副職は、通常の魔術師の職業にはならないこともな!!」

「あ、そうなんだ……」

レイトにとっては初耳の情報だった。

そのとき、レイトの脳内にアイリスの声が流れる。

『あ、言い忘れてましたね。支援魔術師は主職のみの職業です。そしてあの人の言う通り、支援魔術師の人間は副職で普通の魔法職になることはありません。錬金術師は普通ではない職業ですから……』

今さらながらに自分の職業についての小話を知ったレイトは、どうしてグロウが妙に支援魔術師の職業に詳しいのか気になったが、もしかしたら自分が知らないだけでこの世界では常識なのかもしれないと考えた。

レイトは戦闘の際、補助魔法と錬金術師の能力をよく利用しており、純粋な剣の競い合いとなるとレイトには大きく不利である。だが、なぜだかレイトは目の前のグロウという男を脅威に感じなかった。

「別にいいですよ。フェリスさんに俺の実力を見せるいい機会ですから」

「ふん!!　その余裕、どこまで保《も》つのか見ものだな!!　後悔するなよ!!」

「ああっ……しゃあないな。それなら手短に頼むで」

止めるのも面倒になったのか、フェリスは馬車を誘導してその場を離れた。

余裕の笑みを浮かべたグロウは長剣を引き抜き、レイトは退魔刀を背中に刺したまま柄を握りしめる。

「ふんっ!!　それが構えか⁉　この素人《しろうと》がっ!!」

「っ!!」

グロウはレイトの構えを見て鼻で笑い、突進して斬りかかった。

レイトは退魔刀を背中から抜き、彼の刃に向けて叩きつける。

激しい金属音にフェリスが思わず足を止めて戦いを見守る中、グロウの長剣が叩き折られる光景が広がる。

レイトは返す刃で瞬時にグロウの首元に大剣を突きつける。

グロウは顔を引きつらせ、自分の折れた剣を見て動揺した。

「ば、馬鹿な……俺のミスリルの剣をこうも容易《たやす》くっ……⁉」

「もういいですか？」

「いや、さすがや!!　これで代表の座はレイトさんに決定やな!!」

「ま、待ってくれ!!　いや、待ってください!!」

フェリスが拍手をしながら近付こうとすると、唐突にグロウは長剣を手放して彼女を制止した。

そして彼はレイトが装備している漆黒《しっこく》の大剣に目を向け、その刃に冷や汗を流す。

「こ、この大剣は一体……どこで手に入れた⁉　い、いや、そんなことはどうでもいい‼　もう一度だ‼　もう一度だけ勝負しろ‼」

「はあっ？　あんた、いい加減に……」

「今のは俺が敗れたわけではない‼　武器の差で敗れたのだ‼」

「……なるほど」

グロウは往生際の悪い台詞《セリフ》を吐いたが、レイトは先ほどの彼と雰囲気が違うことに気付いた。この男の言うことはあながち間違いではないと判断し、彼はグロウの言葉に了承する。

「いいですよ。武器を変えてもう一度だけやりましょう」

「おおっ……すまない」

レイトの返答に、グロウは意外なことに素直に頭を下げた。

「ええっ？　まだやるんか？」

呆れた表情を浮かべるフェリスに、レイトは頼みごとをする。

「すみませんフェリスさん、俺達に武器を用意してもらえますか？」

「え、うちが⁉」

「会長、どうかお願いします‼　もう一度だけ戦わせてください‼」

「……はあ、あと一回だけやで」

仕方なくフェリスは武器を捜しに、建物の中に入った。

その間にレイトは退魔刀を空間魔法で戻し、グロウは先ほどまでの態度とは一変して精神を集中させるように目を閉じて黙り込む。

しばらく時間が経過すると、フェリスが新しい武器を抱えた使用人らしき人物を引き連れて戻ってきた。

「持ってきたで～」

「どうぞこちらをお使いください」

「すまん」

「どうも」

フェリスの使用人が持ってきたのは二本の鉄製の長剣であり、レイトとグロウにそれぞれ差し出す。大剣は用意できなかったのか、あるいはレイトの実力を知っているフェリスの計らいかもしれない。

レイトは長剣を受け取り、普通の鉄の剣であることを確認すると、グロウと向き合う。

「じゃあ、やりましょうか」

「……その武器で大丈夫なのか？」

グロウが確認するように尋ねた。

「元々俺は長剣を使ってましたから」

「そうか……参る!!」

グロウは長剣を握りしめ、今度は力強く足を踏み込んで剣を繰り出す。先ほどの攻撃と違って一流の剣士に相応《ふさわ》しい動作である。

レイトは長剣を握りしめ、先ほどと同様に相手の剣を振り払う。

金属音が響き渡り、長剣同士が激突する。今度はグロウの剣が破壊されることはなく、続けて何度も刃を交《か》わす。

グロウは両手で握りしめた長剣を頭上に掲げ、勢いよく振り落とした。「兜割り」と酷似した剣技である。

レイトは刃で攻撃を受け、弾《はじ》き返す。

咄嗟にグロウは蹴りを繰り出した。

「『蹴撃《しゅうげき》』!!」

「なんのっ」

突き出された前足を、レイトは自分も右足を上げて受け止め、突き飛ばされるのを耐え凌《しの》ぐ。

グロウは高揚感から笑みを浮かべ、自分の最も得意とする戦技を放つ。

「『旋風』!!」

「『兜割り』!!」

横薙ぎに剣を振り払うグロウに対し、レイトは正面から剣を振り下ろし、刃が衝突した。そしてグロウの握りしめていた刃が叩き折られ、振り下ろされたレイトの刃が先ほどの試合と同様に彼の首元に添えられていた。

「……参った」

「……どうも」

今度こそ完全に決着した。

グロウは笑みを浮かべ、レイトは正々堂々と勝負を仕掛けてきた彼に頭を下げる。

先ほどの試合でグロウが異議を申し立てたのは、自分の油断で実力を発揮できずに負けたことに不満を抱いただけであり、彼は最初からレイトに勝てるとは思っていなかった。

それでも勝負を再度挑んだのは、武人の気質として自分よりも強い相手を目の前にして実力を出し切れずに敗北したことに納得が行かなかったからに過ぎない。

勝負を終えたグロウは清々《すがすが》しい表情でレイトに頭を下げ、今度はフェリスに向かい合って謝罪する。

「会長……多大な迷惑をおかけして申し訳ありません」

「まったく……大切な武器の備品を二本も無駄にしおってからに。しっかりとあんたの給料から引いておくで？」

「はっ!!　そしてレイト殿も……度重なる無礼、申し訳ない!!」

「あ、いえ……気にしないでください」

グロウはレイトにも謝罪を行い、折れた武器を回収するともう一度二人に頭を下げて建物の中へと移動した。

最初はどうなることかと思ったが、無事に問題が解決したことにフェリスは安堵する。

「さて!! それじゃあ、まずは一階から案内させてもらいますわ。色々と紹介せなあかん人もいますし」

「紹介?」

「うちの秘書と旦那ですわ」

フェリスの案内で建物の中に入る。

建物の内部には大勢の人間がおり、メイド服姿の女性が優雅に進み出てお辞儀する。

「お帰りなさいませ、会長」

「お～ただいま……いや、さっきうち戻ってきたやん」

「おおっ……アリア以外のメイドさんだ」

『そんなメイドカフェに初めて入ったお客さんのような反応しないでくださいよ』

レイトの言葉にアイリスがツッコミを入れた。

レイトがたくさんの使用人達に少し圧倒されている様子を、フェリスは楽しげに見る。

そのあと、彼女はメイドの中で最も背丈が大きく、年長者と思われる人物を紹介した。

「この子がうちの秘書のアリスです」

「アリスです。どうかよろしくお願いします」

「ど、どうも……」

可愛らしい名前の割に、女性は筋骨隆々とした体格である。巨人族《ジャイアント》なのか、非常に身長が高い。

その圧倒的な威圧感にレイトはあとずさり、フェリスが笑い声を上げた。

「アリス、そんなに顔を近付けるとレイトさんが照れてまうやん。少し離れてやり」

「これは失礼しました。それと、先ほどは主人がお世話になったようでありがとうございます」

「主人……？」

フェリスのことを言っているのかと思ったが、どうも言い方がおかしい。

すると、フェリスが補足した。

「グロウのことや。この二人、夫婦やねん」

「夫婦⁉」

「子供もおるで」

『マジっすか⁉』

なぜかこちらの世界を知り尽くしているはずのアイリスも驚愕の声を上げていた。

フェリスの話によるとアリスとグロウは熟年夫婦で、成人済みの二人の子供までいるらしい。

現在はどちらも独り立ちしており、二人揃ってドルトン商会のお世話になっているとのことだった。

レイトはおずおずとアリスに尋ねる。

「あの……アリスさんはその、武人じゃないんですか？」

「昔は冒険者をしていたこともありました。ですが、主人との結婚を機に冒険者稼業はやめ、主婦業に専念していました。今はフェリス様の秘書として働いております」

「巨人《ジャイアント》族は筋肉が落ちにくいからなぁっ……鍛錬はもうしていないのに未だに、腕の太さがうちの頭くらいあるのが悩みらしいわ」

フェリスが言うと、アリスは頬をわずかに赤くした。

「恥ずかしながら……これでも一応は若い頃と比べると筋肉は落ちたのですが」

「そうですか……」

現時点でもプロレスラー顔負けの筋肉量を誇るアリスの若い頃を想像し、レイトは顔を引きつらせてしまう。また、先ほどのグロウは筋肉フェチなのかもしれないと思った。

レイトは雑念を払うように頭を振り、今は仕事に集中することにした。

「あれ、うちのダーリンはどこ行った？」

フェリスの質問にアリスが答える。

「旦那様は最上階の実験室に戻っています。例の商品はすでにこちらに用意されています」

「相変わらず仕事が早いなぁっ……あ、そうそう。言い忘れてましたけど、実はレイトさんが取り返してくれた魔力草は、元々旦那が開発している魔道具に必要な素材やったんよ。そのことで礼を言わせようと思ってたんやけど……」

「今からお呼びしますか？」

「いや、あとでうちが直接呼んでくるわ。それよりも例の奴を頼んでもええ？」

「はい。では、すぐに用意させます」

アリスが他のメイドに目配せすると、即座に動いて長机と木箱を運び込んできた。

メイド達はレイト達の前に机を置き、その上に木箱を載せると、蓋《ふた》を開く。

中身を見たレイトは首を傾げる。

木箱の中に入っていたのは、銀色に光り輝く粉だった。

「これは？」

「銀砂《ぎんさ》という魔道具ですわ。ちょっと特別な薬草を配合してできた液体を、砂と混ぜ合わせたものや」

「へえ……綺麗ですね」

レイトが興味津々に覗き込むと、アリスが口を開く。

「……よければお触りになりますか？　直《じか》に触れなければ問題ありませんよ？」

「え、いいんですか？」

「どうぞ」

アリスが手袋を差し出した。

大きな掌から差し出された手袋を受け取り、装着する。そしてレイトは、手袋越しに木箱の中身の銀砂に触れてみた。

予想外に感触がないことにレイトは驚く。まるで水のように簡単に砂の中に手袋が沈んでしまい、彼は慌てて手を引き抜いた。

一見すると銀色に光り輝く砂にしか見えないが、一つ一つの粒子《りゅうし》が細かすぎて水のように簡単に沈ませられるのだ。

「これはなんに使えるんですか？」

レイトが聞くと、フェリスが答えた。

「まあ、用途は色々とありますけど、一番利用されるのは髪の毛の染毛剤ですわ。ほら、レイトさんも自分の手袋を見れば意味が分かるやろ？」

「えっ……うわ、いつの間に!?」

レイトが自分の手袋を確認すると、銀砂が全体に貼り付いており、銀色に光り輝く手袋に変化していた。

「これが染毛剤？」

「そやで。銀砂を髪の毛に付ければ、銀髪のようになるんや」

「でも、これって簡単に剥がれるんじゃ……」

レイトが当然の疑問を述べると、今度はアリスが答える。

「大丈夫です。この銀砂は水に付けると固まる性質があります。だから使用するときは染毛剤を水の中に入れて髪の毛全体を浸すんです。そうすれば落ちないようになるので、安心してください」

「へぇ～……じゃあ逆に、銀砂を落とすにはどうすればいいんですか？」

「その場合はお湯を被れば簡単に落ちます。お客様の中には水と混ぜた銀砂を頭から浴びたあと、お湯を浸した手拭いで余計な銀砂を落としている方もいますね」

「水で固まって、お湯で落とせる……どんな原理だろう……」

銀砂の性質を不思議に思っていると、メイドの一人が水が入った桶《おけ》を持ってきた。

「どうぞ、お使いください」

「論より証拠、実際に確かめましょう」

「あ、はい……こうかな？」

レイトは桶の中に手袋を突っ込むと、銀砂が水に触れた瞬間に固まり、引き上げるときにはより一層煌《きら》めく手袋に変化していた。だが、表面が銀色に変化しただけで、特に手袋が硬くなったり冷えたりする様子はない。

「おおっ……これはすごい」

「お湯で簡単に落ちるというのが意外と難点やけど、それ以外は結構人気があります。実際、黒虎のバルさんもこの銀砂とは違うタイプの赤砂をよう使ってますから」

「え、バルって髪を染めてたの⁉」

バルの赤髪が染められていたという事実に、レイトは驚きを隠せない。

だが、実際に赤い髪の毛の人物など彼女以外に見たことがないことに気付き、別にそれほどおかしな話ではないのかと思い直した。

「赤砂をはじめとするこのタイプの染毛剤は人気があってな。銀砂は最近作り出された代物やけど、かなり綺麗やろ？　だからこれをレイトさんに使用してほしいねん」

「え？」

フェリスがそう言いだした理由が分からず、レイトは首を傾げた。

フェリスはさらに説明する。

「マリアさんが、レイトさんに目立たれると困るって言わはるからな。この銀砂で髪の毛を染めて、あとは簡単な化粧を施して服装も変えれば、他の人間がレイトさんだと気付くことはないはずや」

「ええっ……」

レイトは眉を顰めるが、確かに有名になりすぎると王国の人間に知られる可能性が高くなる。レイトは王族に命を狙われる立場であり、彼の噂が出回るのはまずい。そう考えると、確かにレイトは変装する必要があるかもしれなかった。

だがそれなら、そもそも闘技祭に出場しなければ問題ないのではないか、とレイトは思った。マリアの思惑は別にあるのだろうか、と考えたとき、フェリスがレイトに言う。

「レイトさんも噂くらいは聞いたことがあるやろ？　大剣の英雄の話を」

「ああ……腐敗竜を討伐したときに活躍したっていう人物の話ですか？」

腐敗竜を討伐したのは氷雨のマリアと王女のナオの二人、と公式には伝えられている。

だが冒険都市では、その場には大剣を扱う英雄がもう一人いて、その人物が腐敗竜を倒したという噂が広まっていた。

その噂は正しく、大剣の英雄の正体はレイトである。だが、マリアが隠蔽《いんぺい》工作をして王国にはレイトの話が伝わらないようにしたのだった。

フェリスは頷いて話を続ける。

「そういうことや。今、この都市ではその英雄が本当に実在したのか疑問を抱いている奴がめっちゃおるねん」

大剣を扱う剣士が腐敗竜の討伐に最も貢献したという噂を確かめるため、各地から観光客や腕利きの武芸者が集まっているのは事実だった。そのせいでレイトは大剣を表立って装備できなくなってしまい、仕方なく代わりに装備できる武器を探していた。

フェリスは目を輝かせて言う。

「うちとしては、この英雄の話を利用してレイトさんに人気者になってほしいと思っているんや‼ ドルトン商会の代表として闘技祭に勝って勝って勝ちまくり、あの商会にはこんなに凄腕の人物が護衛に付いているのかと世間に知らしめてほしい‼」

「え、ということは……俺がその英雄のふりをして大会に参加しろと？」

「できますやろ？　マリアさんから実際にその英雄の話は聞いてますで」

フェリスは笑みを浮かべて言った。どうやら、彼女はある程度の事情をマリアから聞かされているらしい。

レイトが変装した状態で活躍すれば、大剣の英雄の正体はドルトン紹介の護衛だという噂が広まり、レイト自身は変装を解けば堂々と暮らせるようになる。また、闘技祭でいい成績を残せなかったとしてもレイトに損はない。商会には迷惑をかけることにはなるが。

レイトにとってはメリットの大きい話であった。

「まあ、うちとしては優勝してほしいところやけど、さすがにそこまでは高望みしません。だけどうちとしても代表の選手がみっともない負け方をしたら困るし、全力で助力させてもらうで!!」

「どうぞ、試合の際にはこちらを身に付けてください」

アリスがレイトの前に、彼のサイズに合わせた新しい衣服を用意して持ってきた。そして、黒髪のカツラと染毛のための新しい水桶も差し出す。

レイトはアイリスに意見を聞くことにする。

『アイリス……どうしよう』

『ここは引き受けるしかないと思いますよ。大会で目立てば目立つほど、レイトさんがその大剣の英雄ではないと知らしめることができますからね』

『そっかぁ……』

彼は大人しく、フェリスが用意した装備を身に付けることにした。

「じゃあ、まずはレイトさんに服を脱いでもらいましょか」

「え、そんな……旦那さんがいるのに大胆過ぎますよ」

レイトがわざとらしく胸元を隠す仕草をすると、フェリスは両手の指をわきわきと動かしながら近付いてきた。

「うっへへっ……若い男の子の肌は綺麗やな」

「どうぞ、こちらに更衣室がございます」

そこにアリスが淡々と割って入り、更衣室までの案内をした。職員専用の更衣室があるらしく、まずはそこで着替える。

「こちらがお召し物になります」

「なんか全体的に黒いんですね」

「そうでしょうか？」

渡されたのは黒い衣服と、同じく黒の鎖帷子《くさりかたびら》だった。壊したら弁償するのかと不安に思いながらも、レイトは鎖帷子を装着し、その上から服を着る。

その際、レイトは先日手に入れた神器《じんぎ》の「チェーン」のことを思い出す
レイトは空間魔法を発動して「チェーン」を取り出し、ベルト代わりに腰に巻き付けた。現在の彼の服装なら色合い的にも目立たない。

続いて彼はカツラを付ける。後ろ髪が妙に長かったので、髪留めで後ろにまとめた。

「こんな感じかな。どう？」

アイリスに聞くと、念話が返ってきた。

『なかなかお似合いですよ。あとは髪の毛を染めて顔も変装させれば完璧です』

「顔か……スラミンかヒトミンを連れてくるべきだったな」

スライムを利用すれば外見を簡単に変化させられる。

とりあえず着替えが終わったので、レイトは更衣室の扉を開く。外ではすでにフェリスとアリスが待ち構えており、レイトの格好を見て満足そうに頷く。

「おお、なかなかいいやないか」

「お似合いですよ」

「ありがとうございます……それで髪の毛のほうは」

「どうぞ、こちらにおかけください」

アリスが手袋を装着すると、傍に控えていたメイドたちが駆けだして先ほどの木箱を運び込んできた。

彼女は最初に銀砂に手袋を入れたあと、椅子に座らせたレイトの髪の毛に擦り付ける。大きな掌を器用に動かし、彼の髪の毛だけを染めていく。

「痛いときはおっしゃってください」

「あ、大丈夫です」

「終わりました」

「え、もう!?」

「なかなか上手く塗り込んでくれるやろ？　うちも白髪が目立つときはアリスに髪の毛を染めてもらっていてな……いや、そんなことはどうでもええか」

レイトが髪の毛を確認すると、見事に銀髪に染められていた。あとは水をかければ髪に付着した銀砂が固定されて染毛は終わる。

水桶を用意したメイド達が手拭いに水を浸し、レイトの髪の毛を優しく布で擦り込んでいく。

「痛いところがあったら言ってください」

「顔が少し濡れますよ」

「おおうっ……」

たくさんの女性メイドにまさか髪の毛を染められる事態になるとは思わず、レイトは自分が美容室に入り込んだような感覚に陥った。

やがて、レイトの染毛が終わった。

「終わりました」

「お～……銀髪にすると印象変わるな。あとは問題なのは顔だけやな……」

フェリスがマジマジとレイトを見て言った。

「その言い方だと俺の顔が不細工みたいに聞こえるんですけど」

「化粧をするだけでは弱いですね。仮面を付けるというのはどうでしょうか？」

「あかんあかん!!　そんなのありきたりすぎやっ!!」

アリスの提案にフェリスは首を横に振った。そして彼女はレイトの顔を見つめながら何かいい手段がないか考え、何かを思い出したようにポンと手を叩く。

「そうや!!　あの手品用の眼帯があったやろ？　あれを使えばいいんや。そうすればレイトさんの片目が赤いのも隠せるし、印象が変わるやろ？」

「あ、そういえば瞳の色でバレちゃうか……」

現在のレイトは「剣鬼」の称号の影響で目の色が頻繁に変化する。しかも右目に関して言えば、最近は赤目の状態のほうが多くなってきた。

もしも変装したレイトが有名になった場合、瞳の色が共通することに気付いてレイトの存在に行き当たる人間が出てくる可能性もなくはない。

フェリスはメイドに指示し、眼帯を持ってこさせた。

「レイトさん、これを付けてくれんか？」

「いいですけど……片目を塞ぐと上手く戦えるかどうか……」

「大丈夫大丈夫、そのための魔道具や」

レイトは渡された眼帯を受け取り、仕方なく右目を隠す。だが、どういうことなのか塞がれたはずの右目は眼帯越しに景色を見ることができた。感覚としては、度のない片眼鏡を取り付けたような気分だった。

「これは？」

「面白いやろ？　子供騙し用に作り出した『ミエール』という魔道具や。原理はちょっとうちには分からんけど、ともかくこれなら片目を塞いでも問題ないやろ？」

「まあ、少し違和感はありますけど……問題ないです」

「あとはちょちょいと化粧して……」

フェリスはメイドに指示し、レイトの顔に化粧を施した。

「これで十分やろ。今日からレイトさんはうちのドルトン商会代表の『黒銀の剣士』や!!　銀髪に黒い服の組み合わせ、これだけでも十分に目立ちますわ!!」

満足げにフェリスは頷き、アリスと他のメイドたちは拍手する。レイトは自分の姿を手鏡で確認してみた。

「……今さらですけど、これ変装じゃなくて女装ですね」

「可愛いからええんとちゃう？」

「うーん、まあこのほうが正体がバレにくくはなるか」

ここまで変装すれば、まず気付かれる恐れはないだろうとレイトは思った。

フェリスは言葉を続ける。

「さて、あとは名前だけやな。さすがに本名で出場させるわけにはいかんし……レナという名前はどうでしょうか？」

「なぜかすごく親近感が湧く名前な気がします」

『産まれたばかりのレイトさんに、母親のアイラが最初に名付けようとした名前だからじゃないですか？』

アイリスの声が脳内に響いた。そんなこともあったな……とレイトは感慨深く思う。

「いや、でもレナだとちょっとありきたりやな……よし、ここはうちの商会の守り神様にちなんで、ルナという名前にしよか!!」

「ルナ……？」

首を傾げるレイトに、アリスが補足説明した。

「我がドルトン商会は、初代会長のドルトン様と親交があった異世界人の『ルノ様』を守り神として崇めています。この方のおかげで商会は何度も危機を乗り越え、帝国一の商会に成長したと言われています」

「へえ、ルノ……偶然かもしれないけど、俺の親戚に同じ名前の子が居ますよ」

「ん？　親戚……？」

「あ、なんでもないです」

その異世界人が、地球に暮らしていた頃に仲がよかった親戚の男の子と同じ名前であることにレイトは反応してしまうが、余計な話をするべきではないと思い直す。

ともかく、商会の代表として出場するときは「ルナ」と名乗るようにすることが決定した。

フェリスはレイトに話しかける。

「早速で悪いんやけど、レイトさん改めルナさんには今日の試合から活躍してもらうわ。というわけで今から闘技場に出発してくれへん？」

「え、今から⁉」

驚愕するレイトに、フェリスはさらに続けて話す。

「ああ、それと武器もうちの商品を使ってもらって構わんやろか？　その反鏡剣はともかく、レイトさんの大剣やと目立ちすぎますもん。もし同じ武器を使ったら怪しまれるかもしれへんし……」

フェリスの指摘はもっともである。せっかく変装したのに、同じ退魔刀を使って試合に出たらルナの正体がバレる恐れがある。

だが、試合に出るなら自分の武器を使いたいという思いもあった。

レイトはしばらく考え、先ほどの銀砂を思い出してある提案をする。

「さっきの銀砂で大剣の刃を染めることはできないんですか？　それなら気付かれにくいと思うし、やっぱり使い慣れた武器のほうが安心できるんですけど……」

「なるほど、そらいいわ。銀色の大剣なら申し分なしやな」

「ではすぐに用意しましょう」

レイトが差し出した大剣を、アリスが受け取る。相当な重量があるはずだが、彼女は顔色一つ変えずに片手で軽々と持ち上げ、木箱の銀砂を刃全体に塗り付けていった。

そして最後に水を吸った布で塗り上げると、「漆黒の大剣」が「白銀の大剣」に変化を果たす。

「これでよろしいでしょうか？」

「あ、ありがとうございます」

レイトは銀色の大剣をアリスから受け取った。

そのとき、フェリスがレイトに尋ねる。

「そういえば少し気になっていたんやけど、その大剣は魔術痕《まじゅつこん》の加工をしてないんか？　魔法が扱える剣士なら魔法剣も使えるんやろ？」

「魔術痕？」

初耳の言葉にレイトは首を捻った。それから、聖剣カラドボルグに刻まれていた紋様のことを思い出す。

あの紋様は「レベルが70以下の人間には扱えないようにする」という、聖剣の使用条件を加えるために刻まれていた。そのことを思い出したレイトは、フェリスの話と合わせて考えて「聖剣の紋様のように武器を強化、あるいは制限を付与する技術」がこの世界に存在するのではないかと思い至った。

「その魔術痕を大剣に刻めば魔法剣が使えるんですか？」

「えっ？　知らなかったんか!?」

フェリスは驚きの声を上げ、アリスは詳しく説明してくれた。

「単純に紋様を刻めば魔法剣が扱えるようになるわけではありません。高い魔法耐性を誇る金属でなければ魔法を付与した瞬間破壊されますし、『魔術痕』の紋様を刻めるのは小髭族《ドワーフ》だけです」

「小髭族《ドワーフ》か……知り合いがいたらな」

レイトが知っている唯一の小髭族《ドワーフ》は金に困って反鏡剣を売り出した酔っ払いの老人だけであり、それに今回は時間がないので大剣の加工はできない。

レイトの能力を利用すれば魔術痕を刻み込める可能性もあるが、生憎《あいにく》とレイトが知っている魔術痕は聖剣カラドボルグに刻まれていた紋様だけだった。

世間話ついでに、レイトは小髭族《ドワーフ》について聞いてみることにした。

「アリスさん、商会には小髭族《ドワーフ》の方はいないんですか？」

「一応は何人か専属契約をしている方はいますが、魔術痕を刻み込むには時間がかかります。少なくとも数日は必要でしょう」

「そうですか……まあ、別に問題はないか」

「じゃあ、行きましょうか。レイトさん……じゃなくてルナさん、頼みまっせ」

フェリスが馴れ馴れしくレイトの背中を叩いた。

レイトとフェリスは外の馬車へ乗り込む。

ユニコはレイトを見て首を傾げていた。どうやら変装したにもかかわらず彼女がレイトだと気付いたようである。

だがユニコはそれ以上なんの反応も見せず、レイトから視線を外した。

「じゃあ、あとのことは頼むで」

フェリスが馬車の外で見送りをするアリスと他のメイド達に声をかけた。

「承知しました」

「「行ってらっしゃいませ」」

大勢のメイドに見送られながら馬車は走りだし、闘技場に向かう。

馬車に揺られる間、レイトは腰に差していた反鏡剣を見た。この剣は魔法を撥ね返す性質があるため、魔術痕を刻んでも魔法の力を宿すことはできないと思われる。だがそれでも、魔術師と戦闘する際などに役立つのは間違いない。

「そういえば闘技場の一人試合はお金を賭けられると聞いてたんですけど……」

これからレイトが参加するのは、一人試合というルールの試合である。その名の通り、一人で戦う試合だ。

フェリスはレイトの言葉に頷いた。

「おお、賭けられるで。勝ったら賭け金の倍額は保障されます」

「ならこれも賭けられますか？」

「金貨一枚……まあ、別に問題ないと思うけど」

レイトが差し出した金貨をフェリスが受け取った。彼女が代わりに賭けてくれるらしい。

レイトは先日まで、闘技場で勝ち続けて反鏡剣を購入できるほどの金額を稼ぐつもりだった。だが、意外と呆気なく反鏡剣を手に入れてしまったのでその目的は消失してしまった。

とはいえ、現在のレイトが金欠に陥っているのは事実なので、この際に自分がどこまで稼げるのか試すことにする。

馬車が闘技場に到着するまでの間、レイトはフェリスから一人試合の簡単な規則を教えてもらう。

二人試合のときと違って使用武器の制限は存在しないなど、色々と異なる点があった。

「一人試合は基本的に一対一で行われますわ。二人試合のときと違って、円形型の石畳《いしだたみ》製の試合場が用意されます。対戦相手を戦闘不能まで追い込むか、あるいは棄権を宣言させれば勝ちや。選手以外の人間の協力を受けたら敗北になりますさかい、気を付けてな。あ、それと試合場から落ちて十秒以内に復帰できなかったら敗北やったわ。ちなみに十秒以内に戻れるなら何度落ちても大丈夫やで」

「武器の制限とかはないんですね？」

「その点は本当になんでもありや。剣や槍、あるいは斧や弓、しまいには毒を仕込んだ吹き矢でも問題なしや。闘技祭の最大の特徴は試合中に相手を殺害したとしても罪には問われんこと。選手は試合中の損失は全て自己責任になるんや」

「冷静に聞くと怖いですね……」

「まあ、いくらなんでも衆人環視の中で人殺しを好き好んでしようとする奴はおらへん。いくら罪にならないからって人を簡単に殺すような輩を信用する奴はおらんやろ？」

「それもそうですね」

一人試合の説明を受けたレイトは改めて手に入れた反鏡剣に目を向ける。

今後の試合でこの剣を扱い切れるか、レイトは少し心配に思っていた。魔術師が相手ならば効果は期待できる。だが、大剣に比べると攻撃力が劣るため、一長一短だ。二刀流ができればいいとこ取りができるが、二刀流は練習では上手く行っても実戦での経験があまりにも少ない。

「そういえば今から試合を申し込むんですか？」

ふと気になったことをレイトは尋ねる。

「いや、実はもう予約してあるんや。まあ、レイトさんに依頼を断られていたらグロウを出すつもりやったんやけど……今日の対戦相手はもう決まっとる」

「へえ、どんな相手ですか？」

「別の地方の冒険者や。名前は……アメリアって言うたかな。小髭族《ドワーフ》の女性やで」

「小髭族《ドワーフ》……」

小髭族《ドワーフ》の女性は男性と違って顔に髭は生えていないが、成人しても背格好は人間の子供程度。平均身長は成人でも百三十〜百四十センチ程度だ。ただし、小髭族《ドワーフ》は人間を上回る筋力を誇り、単純な腕力ならば巨人族《ジャイアント》に次ぐ強さを持つ。

「アメリアはAランクの冒険者や。戦斧《せんぷ》の使い手で有名らしいで？」

「戦斧……」

アメリアという女性冒険者がどの程度の実力なのかは分からないが、冒険者ランクが最高のSランクに次ぐAランクだと言うのだから、相当な実力者であることは間違いない。レイトは一度気を引き締め直した。

だが、先日のレイトの試合を知っているフェリスは彼が敗北するとは思ってはいなかった。

「まあ、レイトさんなら楽な相手やな。あんまり相手をいじめないように倒して祝杯を上げましょうや」

「どうでしょうね……だけど全力は尽くします」

「その意気や。期待してまっせ」

『フェリス様、到着しました』

御者《ぎょしゃ》の人が運転席から声をかけてきた。

「おう、やっとか……ん？　今日は随分と人が多いな……有名な選手でも来とるのか？」

二人が馬車を降りると、フェリスが怪訝《けげん》な顔をした。

そこに、後方から男性の声がかかる。

「おやおや、そこにいるのはフェリス会長ではないかね？」

二人が振り返ると、そこにはいかにも貴族と思われる格好の、髭を生やした恰幅《かっぷく》のいい男性が立っていた。

その男の顔を見た瞬間、フェリスはあからさまに顔をしかめる。

「これはこれは……ブランティーノ男爵、お久しぶりです」

「はっはっはっ‼　久しぶりですな、最後に会ったのはあなたが私との取引を断ったときですかな？」

「男……爵？」

レイトは眉を顰めて呟いた。

ブランティーノと呼ばれた男の周囲には彼の私兵と思われる人間の姿が存在する。確かに権力者で間違いなさそうだった。

レイトはフェリスに、何者なのかと尋ねる意味で視線を向ける。

彼女はため息をつきながら男爵の紹介をした。

「ルナさん、この方は王国貴族のブランティーノ男爵さんや」

「王国貴族……」

「ほう、その立派な装備……やっとあなたの商会もまともな冒険者を護衛に迎え入れたのですか？」

男爵がレイトをジロジロと見ながら言った。

フェリスが不機嫌そうに答える。

「余計なお世話ですわ。まあ、一応は紹介しますけど……この人がうちの商会代表のルナさんです。それで男爵はどうしてこの街に？　動くだけでも苦労しそうな体型なのにここまで歩いてくるのはきつかったんちゃう？」

フェリスの言葉に、男爵は大いに気を悪くしたようだった。

「ふん!!　あなたがどのような手段でマリア殿に取り入ったのかは知らないが、あまり調子に乗らないほうがいいぞ？　今回の闘技祭、実は私も参加しようと思っている」

「ほほう？　ということは、男爵も腕利きの冒険者を雇ったんですか？」

「そういうことだ。おい、こっちに来い!!」

「……はい」

男爵が後ろを振り返って怒鳴り声を上げると、小柄な女性が姿を現した。彼女は自分の身長を上回る巨大な戦斧を所持している。

「な、なんやと!?　まさかあんた……!!」

「フェリスさん？　どうしました？」

レイトがフェリスの反応を怪訝に思って呼ぶと、彼女はレイトのほうを向いて言う。

「……ルナさん、この人が今日のあんたの対戦相手や」

フェリスによれば、彼女こそが対戦相手の「アメリア」という名前のAランク冒険者だという。

確かに、聞いていた特徴は一致していた。

男爵は満足そうに言う。

「この冒険者は私が雇った。さあ、早く自己紹介しろ」

「初めまして、アメリアと申します」

「あ、どうも……」

アメリアと呼ばれた女性は男爵に促されて挨拶し、レイトに向けて掌を差し出した。握手を求めているのかと思ったレイトは手を握ろうとしたが、寸前で違和感を覚えて手を止める。

そんな彼の行動にアメリアは首を傾げた。

「どうかしました？」

「いや……これから戦う相手と仲良くなる気はない」

「ルナさん？」

フェリスが不思議そうにレイトの顔を見つめたが、彼はそれ以上何も言わない。

アメリアは諦めて手を引っ込めた。そのとき、男爵の口が一瞬歪《ゆが》んだのをレイトは見逃さなかった。

「……そうですか、それは残念です」

レイトはアメリアに背を向ける。

「フェリスさん、そろそろ受付を済ませましょう」

「え？　あ、そうやな……では男爵、私達は失礼します」

「ふんっ……その余裕がどこまで続くのか見ものだな!!」

「試合を楽しみにしています」

男爵は私兵を引き連れて闘技場の別口に向かい、アメリアは頭を下げて選手専用の通路に向かった。

レイトは男爵達の姿が見えなくなったあと、フェリスに話しかける。

「フェリスさん、今日の試合は簡単に勝てるわけじゃなさそうです」

「え?」

「あのまま手を握っていたら、服の裏側に仕込んでいる針を刺されていました」

「……えっ」

——違和感を覚えた際、レイトはこっそり「観察眼」の技能スキルを発動させた。そして彼女の服の袖を確認すると針が縫い付けられていたことに気付いたのだった。もしも気付かずに握手していた場合、袖に仕込まれた針を掌に突き刺されていた可能性が高い。針にはなんらかの毒が仕掛けられていたはずである。

何も気付かずに握手していたらと考えるだけで背筋が凍り、試合前から仕掛けてきたアメリアという女性にレイトは警戒心を抱く。澄《す》ました態度で毒を盛ろうとした彼女にレイトは冷や汗を流し、試合が始まるまでの間は警戒心を解かないように心がけることにした。

「フェリスさんも気を付けてください。俺と離れたあとはすぐに馬車に戻ったほうがいいです」

「そ、そうか……でも大丈夫。実はこのあと氷雨のギルドに所属している知り合いの冒険者と合流する予定やから、うちのことは気にせんでええ。試合での活躍を期待してるで!!」

フェリスは彼を安心させるように笑みを浮かべてそう言った。

二人は闘技場の受付口に試合の受付のために向かう。レイトはここからフェリス商会代表の「ルナ」という選手で出場することになる。

試合で恥をかけば商会に迷惑をかけることになるため、レイトは気合を入れて試合に臨むのだった。

◆　◆　◆

――数十分後、受付を済ませて控室で待機していたレイトのもとに、闘技場の兵士が迎えに訪れた。

兵士に連れられ、試合場に繋《つな》がる南門の出入口に向かう。

一人試合では石畳製の特設円形試合場で戦う。相手を戦闘不能に追い込む、あるいは棄権を宣言させる、もしくは試合場外に十秒以上離れさせなければ勝利は認められない。

『ではこれより選手の入場です!!　北門から王国貴族ブランティーノ男爵の協力を手に入れたA級冒険者のアメリア選手!!　そして南門からはあのドルトン商会の代表選手として雇われた出身不明

の「黒銀の剣士」ルナ選手の入場です!!』

闘技場に獣人族《ビースト》の女性の実況者の声が響き渡った。

やがて試合場の北門と南門の出入口が開かれ、ルナに変装したレイトと、自分の二倍近くの大きさを誇る戦斧を抱えたアメリアが入場する。

その光景に試合場の観客は沸き立ち、二人が特設試合場に着くまでの間に罵声《ばせい》混じりの歓声を届ける。

「頑張れよアメリア!!　お前に銀貨三十枚も賭けてんだ!!」

「おい黒銀の剣士!!　無様な敗北だけはするんじゃねえぞっ!!」

「結構可愛い顔してんじゃないルナちゃ～んっ!!」

観客のほとんどの人間がアメリアの勝利に金を賭けているのか、彼女に声援を送っていた。その一方でどこの冒険者ギルドに所属しているのかさえも不明なルナ（レイト）に声援を送る者は少ない。

やがて二人は石畳製の試合場に登場し、お互いに向き合う。

「よろしくお願いします」

「こちらこそ」

アメリアが礼儀正しく頭を下げるのに対し、レイトは彼女から目を離さないように軽く会釈だけする。

「アメリア!! そんな失礼な奴、さっさとぶっ倒せっ!!」

「負けんなよっ!!」

そんな態度が一部の観客の顰蹙《ひんしゅく》を買ったらしく、一層にアメリアへの声援が高まった。

「では試合を始めます。両者、準備はよろしいですか？」

「問題ありません」

「どうぞ」

「では……試合、開始!!」

審判役を務める兵士が試合場を降りて合図をした。

先に仕掛けたのはアメリアだった。彼女はレイトが武器を引き抜く前に、攻撃をしてくる。

「『旋風』!!」

「おっと」

横薙ぎに振り払われた戦斧を、レイトは後ろに下がって回避した。

アメリアは空振りしたあともベーゴマのように戦斧を振り回し、逃げられる範囲が限られている試合場の足場を利用して攻撃を続ける。

「せいっ!! はあっ!!」

「うわっ……危ねっ」

「おい、何してんだ!! 早くやっちまえっ!!」

「さっさとぶっ倒せ!!」

器用にアメリアの攻撃を回避するレイトを見て、観客が罵声を浴びせた。

彼らの大半はアメリアの勝利に大金を賭けていた。別地方の冒険者とはいえ、Aランクにまで登り詰めた彼女の勝利を確信している者は多い。それゆえ、攻撃を当てられない彼女にいらだっているのだ。

レイトは試合場を移動しながらも背中の大剣を握りしめ、相手の攻撃動作の隙をついて自分も剣を引き抜く。

振り払われた戦斧に対し、レイトは大剣を振り下ろしてぶつける。

お互いの武器の刃が激突し、打ち勝ったのはアメリアの戦斧ではなく、レイトの退魔刀だった。

「うりゃあっ!!」

「きゃっ!?」

「な、なにぃっ!?」

「弾《はじ》き返しただとっ!?」

小柄とはいえ、人間よりも腕力が優れている小髭族《ドワーフ》であるアメリアの一撃を撥ね返したレイトに観客達が驚愕する。

一方、レイト本人は手に残る衝撃に顔をしかめる。予想以上に両手が痺れており、もしも戦技を発動していなければ自分の剣のほうが弾き飛ばされたことは間違いない。

「時間はかけられないな……『限界強化』っ!!」

「くっ……肉体強化《アクセル》!!」

二人は同時に身体能力を上昇させるスキルを発動し、また同時に前に飛び出す。

アメリアは戦法を変えずに戦斧を横方向に振り回し、レイトはあえて迎え撃つように退魔刀を振り抜く。

「『回転』!!」

「『撃剣』!!」

アメリアは全身を回転させながら戦斧を振るい、レイトは全身の筋肉を利用して大剣を打ち込んだ。

激しい金属音が闘技場内に響き渡り、お互いの身体が弾《はじ》かれる。

「くっ……まだだぁっ!!」

アメリアが無理やり体勢を立て直して戦斧をレイトの頭に振り下ろすが、レイトは先日新しく覚えたスキルでこれに応戦した。

「『迎撃』!!」

「あうっ!?」

「迎撃」は攻撃のタイミングを見誤れば逆に自分が傷を負う可能性が高い危険なスキルだが、今回は見事に成功して彼女の戦斧を弾《はじ》いて試合場の外に飛ばす。

「おおっ⁉　終わりかっ⁉」

「馬鹿野郎‼　早く拾いやがれっ‼」

「くっ……‼」

「させるかっ‼」

アメリアは自分が落とした武器を拾い上げるために駆け出し、レイトは彼女のあとを追う。

十メートル範囲内で地続きの場所ならば一瞬で移動できる「縮地」のスキルを発動しようとしたが、すでにアメリアは試合場を降りており、それならばとレイトは「跳躍」のスキルを利用して彼女との距離を詰める。

「とうっ‼」

「飛んだっ⁉」

「は、速い⁉」

勢いよく足を踏み込んで場外に飛び降りたレイトに、観客席から驚きの声が上がった。

一気にアメリアとの距離を縮めた彼は退魔刀を握りしめた状態で駆けだし、彼女の背後に回る。

そして大怪我を負わせないように背中に向けて大剣を振り下ろそうとした瞬間、アメリアが振り返り、口元に笑みを浮かべる。

「かかった」

「なっ……⁉」

彼女はいつの間にか右腕の長袖から小型のボーガンをレイトの顔面に向けており、容赦なく矢を撃ち込んできた。

自分の顔面に迫る矢を、咄嗟にレイトは上体を反《そ》らしてかわす。

「くっ⁉」

「へえっ……やるぅっ」

アメリアは感心したような声を上げながらも自分が落とした戦斧を拾い上げ、場外で向き合う。

レイトはどうにか矢を回避できたことに安心しつつ、口調を変化させたアメリアに話しかける。

「……そっちが地か？」

「そういうことだね。なかなかあたしの演技も可愛かっただろ？」

「どうだか……」

先ほどまでの態度と一変し、アメリアは陽気な笑みを浮かべていた。

戦斧を肩に乗せてレイトと向き合い、瞳には肉食獣を想像させる獰猛《どうもう》さが見られる。

そのとき、実況席から声が聞こえた。

『両選手が場外に落ちてしまいました‼　この場合、どちらも時間内に戻らなければ失格となりますよ‼』

それを聞いたレイトは、時間内に戻らなければ敗北してしまうことを思い出した。

「はっ、お先に失礼‼」

実況の声に反応してアメリアが試合場に向けて走りだした。

「あ、待てっ……うわっ!?」

レイトは追いかけようとしたが、アメリアは逃走の最中に左腕を構えてボーガンから矢を放ってきた。両腕に仕込んでいたのだ。

レイトが大剣の刃で矢をガードすると、アメリアは笑い声を上げた。

「へえ、これも避けるんだ……なかなかやるね!!」

アメリアは試合場に向けて跳躍した。だが、レイトもやられっぱなしではない。

彼は地面に掌を押し当てて「土塊」の魔法を発動させ、地面の土砂を操作して彼女の前に土の壁を生み出した。

「させるか!!」

「うわっ!?」

『おおっと!?　これはどういうことでしょうか!?　唐突にアメリア選手の前に土の壁が現れました!!』

壁に自《みずか》ら体当たりする形になったアメリアは悲鳴を上げて地面に倒れた。

その隙を逃さずにレイトは試合場に移動する。

慌ててアメリアも土壁で塞がれていない場所から試合場に戻ってきた。お互い十秒以内に戻れたことになる。

アメリアはレイトを怒鳴りつける。

「こ、このガキ……小癪《こしゃく》な真似をっ!!」

「演技忘れてるよ？」

「うるさい!!　もうどうでもいいんだよそんなこと!!」

アメリアは両手のボーガンを取り払い、戦斧を握りしめて駆けだした。

レイトはため息をつきながら大剣を握りしめ、「観察眼」の技能スキルを発動して相手の攻撃の軌道を予測した。

そしてレイトは大剣を振り上げ、振り下ろされる戦斧を「迎撃」のスキルで撥ね返す。相手の動作を見抜く場合は「観察眼」の技能スキルが役立つ。

アメリアの戦斧が再び弾《はじ》き飛ばされた。

「なっ、そんな馬鹿な……どうして人間ごときにこんな力がある!?」

「もう終わりか？」

「うっ!?」

『おおおおおおっ!!』

レイトはアメリアの首元に退魔刀の刃を突きつけていた。その光景に、観客達が歓声を上げる。

このまま気絶させるか試合場に放り出して十秒間試合場に上がらせないようにすれば、レイトの勝利となる。

「降参するか？」

「へ、へへっ……まあ、落ち着きなよ」

「動くな……斬れないと思うか？」

「うっ……」

愛想笑いを浮かべながらあとずさろうとするアメリアを、レイトは睨みつけた。

彼の「威圧」にアメリアは頬を引きつらせ、迂闊《うかつ》な発言は自分の命を縮めることを悟る。

だがそのとき、彼女は自分の体に視線を向け、まだ逆転の手段が残っていることに気付く。

「……このっ!!」

「くっ!?」

先ほど、アメリアはレイトが作り出した「土壁」に衝突した。その際に自分の服に砂利《じゃり》がこびり付いていたのだ。

アメリアは砂利を握りしめ、レイトの顔面に投げつける。眼帯をしていない方の目に砂が入ったことでレイトは咄嗟に目を押さえてしまい、その隙を逃さずにアメリアは戦斧がある場所に駆けだす。

「馬鹿がっ!!　これであたしの……」

「誰が馬鹿だ」

「はっ!?」

だが、アメリアが戦斧の元に辿り着く前に背後からレイトの声がかかった。

振り返ると自分の顔面に向けて拳が接近する光景が広がり、直後に顔に強い衝撃が走る。

「『疾風突き』!!」

「あぐぅっ!?」

『うおおおおおっ!?』

退魔刀を手放したレイトの拳がアメリアの顔面に叩きつけられ、彼女は派手に吹き飛ぶ。その光景に観客は驚愕の声を上げ、レイトは右目の眼帯に手を触れ、安堵の息をついた。

「ふうっ……フェリスさんに感謝だな」

眼帯の魔道具「ミエール」のおかげで右目は砂利で視界が潰されることがなかったのだ。

もっとも、仮に両目を塞がれてもレイトは「心眼」のスキルを持っているので、アメリアの動作を捉えることは可能であり、勝敗に影響を与えることはなかっただろう。

「ぐ、ぐそぉっ……!!」

「うわ、まだ立てるのか。でも、もう終わりだ」

アメリアは鼻血を噴き出しながらも起き上がり、戦斧に手を伸ばす。

レイトは退魔刀を背負い直してアメリアに近付き、背中を踏みつけて反鏡剣を引き抜いて刃を顔面の前に差し出す。

「降参しろ」

「うっ……畜生、分かったよ……降参するっ!!」

「そ、そこまで!! アメリア選手の棄権を確認!! この試合……勝者はルナ選手!!」

『うおおおおおっ!!』

審判役を務める兵士の言葉が響き渡り、レイトの勝利が宣言された瞬間、観客達の歓声が闘技場に響き渡った――

◆ ◆ ◆

――試合を終え、北門から通路に戻ったアメリアは控室に辿り着くと背中を壁に預けて深いため息を吐き出した。

別に敗北した感傷に浸っているわけではなく、単純な疲労に過ぎない。この年齢に至るまで幾度も敗北を繰り返しており、別に若手の冒険者に敗れることは初めてではない。

「あの小娘……どこまで行くのかね」

彼女は自分の服の内側に隠し持っていたパイプを取り出し、火を点《つ》けようとした。

そのとき彼女は、こちらに近付いてくる足音に気付く。彼女はため息をつきながらパイプに火を点ける前にある仕掛けを施す。

「見つけたぞ!! この役立たずがっ!!」

「だ、男爵!!　お待ちくださ い!!」

荒々しく扉を開いたのはブランティーノ男爵だった。後ろには私兵達がいる。

「あれ……意外と動けるデブだったんだおっさん」

「黙れっ!!」

本来、控室には選手とその関係者以外の立ち入りは禁じられているのだが、おそらくは強行突破か、あるいは闘技場の運営側の人間を買収して入り込んだのだろう。意外にも先頭を走っていた肥満体系の男爵は元気で、後ろの私兵達のほうが息を荒くしていた。

アメリアは少し考え、可愛く謝ってみることにする。

「どうも男爵、負けちまって……ごめんね♡」

「やかましいわ!!　貴様、儂《わし》に大損させおったな!!　一体あの試合に儂がいくら賭けていたと思う!?」

男爵は憤怒の表情を浮かべながら怒鳴りつけた。彼はアメリアが勝利すると信じて大金を賭けていたが、結果的には金貨数十枚を失ってしまったのだった。

アメリアがパイプに火を点けて何も言わないでいると、男爵がさらに怒鳴る。

「あれだけ高い前金を要求しておきながら、あんな小僧みたいな女に負けるとは何事だ!!　貴様に支払った金、きっちりと返してもらうぞ!!」

「残念でした〜もうあんたの金は使い切りました〜」

「こ、この女……もういい!!　こいつを捕まえろっ!!」

突然の指示に、私兵達がうろたえる。

「えっ……し、しかし……」

「冒険者を相手に我々では……」

「腑抜《ふぬ》けどもがっ!!」

Aランクの資格を持つ冒険者は皆高レベルの人間であり、普通の人間が敵《かな》うはずはない。男爵が雇っている兵士の多くは元々は傭兵ギルドと呼ばれる冒険者ギルドとは違う組織出身の人間だが、そのほとんどが実力不足という理由で解雇されていた者達だった。ギルドを追い出されて行き場を失った彼らを男爵が格安の給料で迎え入れたに過ぎない。

ちなみに冒険者は魔物退治に特化した存在で、傭兵ギルドは対人戦に特化した存在である。彼らの仕事は魔物ではなく人間を相手にすることが多く、盗賊の討伐や戦争などで兵士の代わりに戦うことが多い。

現役の傭兵ギルドの人間ならいざしらず、実力不足で解雇された人間に勝ち目があるはずはなかった。

男爵はこめかみに青筋を浮かべて怒声を発する。

「くそっ!!　もういい!!　今回のことはしっかりとギルドに報告させてもらうぞ!!　儂自らがギルドマスターに言いつけて貴様を解雇させてやる」

「それは勘弁してもらいたいね。こう見えても冒険者の職業は気に入ってるんでね」

「うるさい!! 儂を舐めたこと、後悔させてやる……？」

突然、男爵は眩暈《めまい》を覚え、視界が揺らぎ始める。彼は何が起きているのか理解できず、頭を押さえた。

兵士達の身体にも、謎の脱力感が襲いかかってくる。

「な、なんだ……これは？」

「へえ、やっと効いてきた？　やっぱり、身体がでかいと薬が回るのも時間がかかるのかね？」

「お、お前……!?」

アメリアはパイプを振りながら、膝を崩した男爵を見下ろした。

いつの間にかパイプの煙が通路中に蔓延《まんえん》していた。男爵と兵士達は煙に含まれた毒を吸い込んだことで身体の自由を奪われたのだ。

なお、アメリアは長年の訓練で「毒耐性」という希少なスキルを所持しており、煙の影響を受けない。

「ギルドに報告されると面倒なんでね。このまま、くたばってもらうよ」

「お、お前……わ、儂に手を出したら……王国が黙っておらんぞ……!?」

「大丈夫、元々あんたの始末は仕事に入ってたからね」

アメリアは笑みを浮かべながら戦斧を握りしめ、男爵の元に近付く。

そんな彼女に男爵は恐怖の表情を浮かべ、必死に逃げだそうとするが煙の毒で身体の自由が利かない。

「ま、待ってくれ……許して、許してくれぇっ⁉　謝る、謝るからぁっ……」

「はっ……あの御方を裏切り、森人族《エルフ》の女狐《めぎつね》に情報を伝えようとしたことは調査済みなんだよ」

「な、なんの話だ……儂は本当に何も……⁉」

「じゃあ……ねっ‼」

命乞《ご》いをする男爵に対し、アメリアは笑顔で戦斧を振り下ろした。

その直後に通路に血飛沫《しぶき》が舞い上がり、さらに数秒後に他の兵士達の悲鳴と肉が斬り裂かれる音が響き渡った。

数分後、控室の掃除に出向いた清掃員が血塗《まみ》れになった部屋の惨状を目の当たりにし、慌てて闘技場の運営――「闘技会」に報告しに行く。

だが、清掃員が発見したときにはすでに死体は消えてなくなっており、血の痕跡だけが残されていた。闘技会は控室を最後に利用したはずのアメリアの探索をするが、すでに彼女の姿は闘技場から消えていたという――

3

――試合を終えたレイトが控室に戻ると、すでにそこにはフェリスが待ち構えていた。

彼女は上機嫌にレイトを迎え入れ、控室に存在した他の人間も拍手する。

「いや～見てたで!!　さすがはルナさんやな!!　まさかAランク冒険者を相手に圧勝するとは思わんかったわ!!」

「あんた凄かったな!!　観客席で見てたぜ!!」

「闘技祭、頑張れよ!!」

「あ……どうも」

控室に存在する人間のほとんどが試合を観戦していたらしく、レイトの勝利を褒め称えた。わざわざ迎えに来てくれたフェリスは右手を差し出し、彼から受け取った金貨と勝利した報酬として闘技会から支払われた金貨を渡した。

「一試合目は無事に乗り越えられてよかったわ。で、悪いんやけど次の試合の話を始めてええか……？」

「あ、はい……でも、どれくらい戦えばいいんですか？」

「最低でも闘技祭は試合を五回勝ち抜いた人間じゃないと参加を認めてくれんのや。最近、制度が変わったらしくてな……普通ならうちの商会の代表なら試合なんかせんでも本戦に参戦できたんやけど」

「制度が変わった？」

「この闘技場は冒険都市の大手の商会が協同で作り出した建物なんやけど、最も資金を提供したのが実は魔物商なんや」

「魔物商……」

レイトの脳裏《のうり》に、冒険都市に存在する「廃城」を改造して作り出された建物が浮かび上がった。彼が以前に聖剣カラドボルグを盗み出すために侵入したことがあるその建物も、魔物商の人間が管理していたはずである。アイリスによれば武器マニアの富豪らしいが、フェリスの話から予測するに、その富豪が闘技場の建築に最も資金を提供した人物だと思われる。

「この冒険都市の魔物商をまとめているのはカーネという男や。こいつは王国貴族なんやが、偉い変わり者でな……武器のコレクターでも有名なんやけど、少し前から急に魔物商の商売にも関わるようになったんや。一ヶ月くらい前に他の魔物商達と協力して闘技場を築き上げ、王都の国王にそのことを伝えて正式に自分達の魔物を利用した新しい商売を認めさせて『闘技会』という組織を作り出した。ここまでは知っとるやろ？」

「いや、まあ……」

レイトはまったく知らなかったが、適当に濁しておく。

フェリスはレイトの返事が耳に入らなかったかのように言葉を続けた。

「そんで話を戻すけど、実は闘技祭にはあの国王と各国の重要人物を呼び寄せる予定なんや。別に武道大会なんかは他の国にも存在するんやけど、この闘技場では選手を魔物とも戦わせることが話題になってな。それで各国の重要人物を呼び寄せる以上は生半可な実力者は認めないとか抜かしおって……おかげで闘技祭の出場の参加条件が一気に厳しくなったわけや」

フェリスの説明を受けたレイトは、自分が好成績を残さなければならない理由の意味を理解した。今後も闘技場で試合を勝ち続けなければならないことは改めて意識できたが、初戦の相手からAランクの冒険者を当てられるとは思っておらず、今後の試合ではどのような相手と戦うことになるのか不安を抱く。

先の試合ではレイトは大剣と長剣を同時に扱う機会はなく、結局は今まで培《つちか》った技術で勝利した。しかし、今後のことを考えると「二刀流」の技術も極める必要があり、次の試合が行われるまでに自分の剣技を見直さなければならなかった。

「次の試合はいつですか？」

「そうやな……明日、というのは急すぎるから明後日でどうやろ？　それまでなら次の試合の相手も決められると思うけど」

「前から思っていたんですけど、対戦相手というのはどういう基準で決められているんですか？」

「そこは闘技会任せにしとるからな……ああ、でも受付の前に掲示板があったやろ？　あそこに出場予定の選手の名前が書きこまれるから、それを確認して戦いたい相手を指定して試合を申し込むこともできるで」

「誰からも申し込みがない場合は闘技会が決めるんですね」

「そういうことや。それと試合ではほんまになんでもありやから、回復薬の類も持ち込んでいいんやで？　もっとも大荷物だと逆に敵に狙われやすくなるけど……」

「そうなんですか」

二人試合のときと違い、一人試合はルールの制限が非常に緩い。収納魔法の使用も禁止されていないらしい。

それを聞いたレイトは対戦相手になんらかの方法で自分が「魔法」を封じられた場合のことを考え、回復薬も用意するべきか考える。

「まあ、今日のところは本当に見事やったわ。今日はお祝いしよか？　いいお店を知っとるで～」

「あ、いえ……どうしても外せない用事があって、今日は帰らせてもらいます」

「そうか……あ、でもその前にうちの店に戻らなあかん。その格好やと目立つから……」

フェリスの発言にレイトは自分の格好を確認した。忘れていたが現在は女装中である。

レイトはフェリスの商会に戻って、変装を解くことにした――

「ただいま」

「お帰りなさい」

「ウォンッ!!」

『ぷるぷるっ……』

変装を終えて無事に自宅に戻ってきたレイトを、庭で水浴びをしていたコトミンとペット達が迎える。レイトは試合で疲れた身体を休ませるため、ウルに抱き着いて身体を預けた。

「ふうっ……このもふもふを感じている間が一番の幸せだな」

「クゥンッ」

『ぷるるんっ』

「レイト、スラミンとヒトミンが遊びたがっている」

ウルの身体に抱き着いたレイトに二匹のスライムが貼り付き、自分達も可愛がれとばかりにぺちぺちと触手を伸ばして頬を叩く。だが、朝早くから呼び出されて寝不足気味のレイトは今は一刻も早く身体を休ませたく、スライムを抱えて家の中に戻ると、ソファに寝転がる。

「眠い……お前らは俺の枕になれ」

『ぷるるっ？』

ヒトミンを枕代わりにしてレイトは寝転がり、睡魔に誘《いざな》われるがままに夢の世界へ旅立とうとしたが、コトミンが身体を揺らしてきた。

「レイト、今日は私と遊ぶ約束」

「ええっ……今度でいいでしょ？」

「駄目、お尻ぺんぺんすっぞ」

「や、やめろぉっ……」

コトミンが妙な口調で喋りながら無理やりレイトの身体の上に乗ってきた。その際、彼女の胸元が押し付けられる。普段なら感触を楽しむところだが、疲れ切った現在のレイトにそんな余裕はない。どうにか身体を休める必要があったため、彼女の脇腹をくすぐって誤魔化そうとする。

「こちょこちょ……」

「うにゃっ……仕返しっ」

「あいててっ」

脇腹をくすぐられたコトミンが犬のようにレイトの耳を甘噛みすると、他のペット達もレイトの身体にのしかかる。

『ぷるぷるっ』

「ウォンッ!!」

「ぐえっ……ちょ、やめろっ!!　ソファが壊れるでしょ!!」

「私も苦しい……」

ウルが乗った時点でせっかく購入したソファが軋《きし》み始め、レイトは全員を押しのける。仕方がないので彼らの遊び相手をしようとしたとき、家の扉がノックされた。

「あれ？　誰だ？　またギルドの奴らじゃないだろうな……」

「私が出る」

コトミンが扉に向かった。

レイトが先ほどの騒動でぐしゃぐしゃになってしまったソファを修理しようとすると、扉が開かれる音が耳に届いた。

「誰……にゃあっ⁉」

「コトミン⁉」

「ウォンッ⁉」

コトミンの猫のような悲鳴が響き渡り、レイトは玄関に向けて走りだす。

そして彼が目撃したのは、青色の大きな腕に彼女の体が掴まれ、家の外に引っ張り出される光景だった。

それを見たレイトは勢いよく駆けだし、空間魔法を発動して反鏡剣を取り出す。

「誰だっ‼」

「キュロロッ‼」

「うわっ⁉」

外に飛び出した瞬間、聞き覚えのある声が響き渡り、レイトの身体が掴まれた。そして彼の目の前に一つ目の巨人の姿が浮かび上がった。

それは、腐敗竜が出現したという情報が都市に届いたときに別れた一つ目巨人の「アイン」だった。彼がレイトとコトミンを優しく両手で掴み上げたのだ。

「あ～レイト君だ!!　久しぶり～」

「お久しぶりです」

アインに掴まれていると、下から声がした。

視線を下に向けると、全身をフードで覆《おお》い隠した二人組の姿が目に入る。

レイトはその声音から、彼女達が森人族《エルフ》の王女である「ティナ」と護衛の「リンダ」であることを見抜く。

「あ、ど、どうも……」

「久しぶり」

「キュロロッ♪」

腐敗竜との決戦で本国に避難していたはずの二人が現れたことに驚きを隠せないが、レイトはひとまずアインを落ち着かせることにした。

「アイン、そろそろ離せ……ほれ、お座り!!」

「ウォンッ!!」

「お前じゃねえよっ!!」

レイトのかけ声にウルが真っ先に反応して座り込んだ。

「キュロッ」

ウルの存在に気付いたアインは、二人を下ろすと今度はウルに抱き着く。力加減を覚えたのかむやみに抱きしめるような真似はせず、相手が嫌がらない程度の筋力でハグする。

『ぷるぷるっ』

『ぷるるんっ』

「キュロッ？」

アインはスライム達にも気付き、自分の肩に乗ってきた二匹に首を傾げる。彼はスラミンが分裂してヒトミンが生まれたことを知らず、新たに増えた赤色のスライムを不思議そうに見ていた。

レイトはティナとリンダに視線を向け、今回は他に護衛がいないことに気付く。

「あれ？　あのお爺さんたちは？」

レイトが聞くと、リンダが答えた。

「他の護衛は宿にいます。近々この都市で行われる『闘技祭』と呼ばれる祭事の招待状が届き、我らはこの都市に戻ってきました」

「今日はね、お父さんとお兄ちゃんとお姉ちゃんも一緒なんだよ!!」

前回のときと違い、今回はティナだけではなく他の王族も都市を訪れているらしい。

そしてティナとリンダは宿を抜け出し、レイトにこっそり挨拶しに来たのだという。

とりあえずレイトはリンダとティナを家に上げることにした。

レイトとコトミンはティナとリンダを応接間に案内し、ソファに向かい合って座る。ペット達は家の中に入れると狭く感じるので庭で遊ばせることにした。

四人は久しぶりの再会を喜び合う。

「いや、本当に久しぶりだな。リンダさんにティナ王女様さん」

「もう、普通にティナと呼んでよ〜」

「お久しぶりです。腐敗竜の一件ではお世話になりました」

ティナは聞き慣れないレイトの呼び方に苦笑し、リンダは仰々《ぎょうぎょう》しく頭を下げる。わざわざ宿を抜け出してお忍びで会いに来てくれたのは嬉しいが、護衛を一人しか付けずに行動するのは危険である。よくリンダが了承してくれたな、とレイトは不思議に思った。

もっとも、護衛にはアインもいる。それはつまり最強の護衛を引き連れているようなものであり、別にそれほどおかしな話ではないかもしれない。

「ねえねえレイト君……」

「ティナ様、申し訳ありませんが私が先に話します。よろしいですね？」

「あ、うん……」

久しぶりの再会に嬉しそうにティナが話しかけようとするが、それをリンダが制止した。

「ティナ、私の部屋に行く」

リンダの表情を見たコトミンがすぐに気を遣って、ティナを連れて居間から離れる。

残されたレイトはリンダが何を話してくるのかと身構えていると、彼女は頭を下げてきた。

「……まずはこのようなご無礼をお許しください。レイト様」

「その呼び方はやめてくれないかな……レイトでいいですよ」

「いえ、そういうわけにはいきません。あなた様のおかげでティナ王女様の命が助かりました」

「命？」

リンダの言葉にレイトは首を傾げ、どうしてティナの名前がここに出てくるのか疑問を抱く。森人族《エルフ》の犯罪者ライコフからティナを救い出したことを話しているのかと思ったが、別にライコフは彼女の命を狙っていたわけではない。

「どういうことですか？」

「実は……本国に戻ったあと、ライコフを拷問《ごうもん》にかけました」

「拷問って……」

「彼の罪を考えると本来ならば処刑でも軽い処罰です。ですが、これまでの彼の行動に疑問を抱き、何か他に隠しごとがあるのではないかと拷問を行ったのですが……驚くべきことに彼は森人族《エルフ》の重要機密を旧帝国《エンパイア》に売り渡していたのです」

「えっ⁉」

予想外の彼女の言葉にレイトは驚きを隠せなかった。旧帝国《エンパイア》とは、バルトロス王国を再び帝国にしようと暗躍する集団である。

ライコフが他にも悪事を行っていたことに呆れてしまうが、リンダによると彼の行ったことは非常に問題になっているという。

「ライコフは旧帝国《エンパイア》と繋がりを持ち、彼はティナ王女と結婚したあと、自分が王位を引き継ぐ計画を立てていました。そして我が『ヨツバ王国』を乗っ取り、このバルトロス王国さえも征服する野望を持っていたのです」

「そんな馬鹿な……」

「人間の方には突拍子もない話に聞こえるかもしれませんが、あり得ない話ではありません。実は現在の国王様は王位をティナ王女様か、あるいはティナ様の子供に引き継がせようと考えています」

「なんで!?」

レイトは驚愕の声を上げた。ティナには他にも兄弟が大勢いるし、どう考えてもティナは国を治めるタイプの性格ではない。

だが、色々と事情があるらしい。

「バルトロス王国が基本的に女性よりも男性が優先されて王位を継承するように、実はヨツバ王国にも国王になるにはある資格が必要なのです。その資格を持たなければ王位を継承することはできません」

「資格？」

「我らは六種族の中で最も魔法の力を重視しています。国王とは森人族《エルフ》の頂点に立つ御方……つまり、魔法の力に優れていないといけないのです。そして我らが得意とするのは『精霊魔法』……精霊に愛された人間にしか王位を継げません」

「精霊魔法……」

アリアも使用していた魔法だ。通常の「砲撃魔法」「初級魔法」「補助魔法」とは違う森人族《エルフ》固有のもので、その威力はレイト自身が思い知っている。しかし、精霊魔法に関しての詳細は実際のところ彼もよく分かっていない。

レイトはリンダに尋ねる。

「そもそも精霊魔法というのはどんな魔法なんですか？　昔、友達だった森人族《エルフ》が使ったところは何度か見たことがあるんですけど……」

「そうですね、では簡単に説明しましょう。まず、精霊魔法は通常の魔法と違ってほとんど魔力を消費しません」

「え？」

通常魔術師が魔法を使用する場合は体内に存在する魔力を各属性の魔法の力に変換する。魔石や魔水晶を利用すればより大きな効果を生み出せる。

だが、リンダの説明によると精霊魔法の場合は魔力をほとんど消費せずに発動できるという。

「精霊魔法とは文字通りに『精霊』と呼ばれる存在を利用して魔法の強化を行います。その点ではレイト様が使う『魔力強化』と似通っていますね」

「『魔力強化』と……」

「私達の目には見えませんが、この家の中にも精霊と呼ばれる存在がいます。私達の視界には映らないだけで確かに存在するのです」

リンダが掌を前に差し出すと、そこに竜巻のように小さな風の渦が生まれる。アリアが子供の頃のレイトに見せてくれた「精霊魔法」も同じような感じだった。

「このように、私は自分の身体に風をまとわせる程度のことはできます。この状態では魔力はほとんど消費していません。その気になればいつまでも風を生み出し続けられます」

「『風圧』の魔法とは違うんですか？」

「違います。そうですね……試しにレイト様が得意とする火属性の魔法を私の身体に当ててくれませんか？」

「えっ……」

リンダの申し出にレイトは呆気《あっけ》に取られるが、彼女が真剣な表情を浮かべていることに気付いた。

レイトは指先を構え、リンダに向けて「火球」の魔法を放つ。

「『火球』」

普通の人間の扱う「火球」と違い、レイトの扱う全ての初級魔法は熟練度が限界値に到達しており、規模は小さくとも威力は高い。

だが、レイトの手元から離れた火球がリンダの右手に触れようとした瞬間、炎の球体が強風によって吹き消された。

「あっ」

「このように精霊魔法は普通の魔法を打ち消す効果があります。本来、風属性は火属性と相性が悪いのですが、精霊魔法で生み出した風の場合は通常の火属性の魔法なら打ち消すこともできます」

レイトはアリアが自分の「火炎弾」を吹き飛ばした光景を思い出した。彼女もリンダと同じ説明をしていた。

「魔法を不得手とする私でもこの程度のことはできます。精霊魔法は文字通り『精霊』と呼ばれる存在の力を借りて発動しています。このような屋内ではなく、障害物が少ない外ならもっと力を引き出せるのですが……」

「へえ……」

「私は風属性の精霊魔法しか使えません。正確に言えば大抵の森人族《エルフ》は風属性の精霊魔法を得意としますが……ちなみに人魚族《マーメイド》は水属性の精霊魔法を得意とします」

「あ、そういえばコトミンの回復魔法も精霊魔法だったのか……」

普段からコトミンが使用している魔法も精霊魔法であることを思い出し、森人族《エルフ》以外の存在でも精霊魔法が扱えるのだとレイトは今さらながらに気付いた。ただし、レイトの知る中に精霊魔法を扱える人間は存在しない。

つまり、精霊魔法が使える種族と使えない種族に分かれている可能性が高い。

「森人族《エルフ》と人魚族《マーメイド》以外に精霊魔法を扱える種族はいますか？」

「小髭族《ドワーフ》です。彼らは土属性の魔法を得意としています。ですが、彼らは精霊魔法を攻撃手段としては使わず、鍛治の仕事に利用しているそうです。詳しいことは私も分からないのですが……他の種族は精霊魔法を扱えません」

「そうなんだ。それは残念だな……」

「可能性は低いですが、森人族《エルフ》や人魚族《マーメイド》の血を引く人間ならば精霊魔法を扱えるという話は聞いた事があります。私の知る限りでは精霊魔法を扱った人間の方はいませんが……ハヅキ家の血筋でもあるレイト様ならあるいは」

「あ、そうか。一応は俺も血筋なのか」

母親のアイラは人間と森人族《エルフ》の両親から生まれており、レイトも四分の一は森人族《エルフ》の血が流れている。もしかしたら彼も精霊魔法を扱える可能性もあるが、今までアリアやリンダのように風を操れたことは一度もない。

「精霊魔法はどうやって使うんですか？」

「申し訳ありません。それは説明できないのです。我ら森人族《エルフ》は全員が生まれたときから精霊魔法を扱えます。戦闘に利用できるレベルに至る者はそれほどいませんが、扱うだけなら誰でもできることなのです。私達の場合は『風』に命令するように念じればいいだけなので……」

「そうか……」

アリアも風に命令するような言葉を口にして魔法を発動していたことをレイトは思い出した。

レイトも試しに風を身体にまとうように念じるが、特に何も起きない。発動条件を満たしていないのかは分からないが、初級魔法のときと違って簡単に使用できる魔法ではないらしい。

「それと精霊魔法には発動の条件として、精霊が存在する場所でしか発現できません」

「どういう意味ですか？」

「風属性の精霊魔法の場合だと、たとえば水中や、炎が燃え盛る場所では使用できません。そのような場所にはどうやら風属性の精霊は集まらないようです。水属性の精霊魔法だと水が存在する場所でしか発動できません。火属性は一定以上の温度が存在する場所でしか発動できず、雪国のような場所では使えないと聞いたことがあります。それと雷属性の精霊魔法は未だに存在が確認されていません。実在するのかもしれませんが、それを確かめる方法がないのです」

「まあ、そりゃそうですよね」

話を聞く限り、精霊は環境によって大きく左右される存在らしい。

風属性の真価を発揮しやすいのは強風が吹き荒れる環境であり、たとえば台風や竜巻が吹き荒れる場所ならばリンダでも強力な精霊魔法が扱えるという。

ある程度聞いて、レイトは本題を尋ねることにする。

「精霊魔法のことはだいたい分かりましたけど、それがティナが王様になるのとどう関係あるんですか？」

「ティナ様は生まれたときから膨大な魔力を所持しています。それでいながらティナ様は通常ではあり得ない魔法を扱えます。実は、ティナ様は赤ん坊の頃に誤って窓から飛び降りられたことがあります」

「えっ⁉」

「ですが地面に落ちる直前、赤ん坊の状態でありながらティナ様は精霊魔法を発動してゆっくりと着地しました。普通は森人族《エルフ》と言えどもまともに魔法を扱えるようになるのは五歳くらいからです。それなのにティナ様は一歳で空を飛ぶ方法を覚えました」

「それはすごい……でも、そんなにすごいなら普段から魔法を使えばいいのに」

「ティナ様の魔法は強すぎるのです。普段のあの方は力を抑える魔道具を利用しており、滅多なことでは魔法は使いません」

「そういうことか……」

森人族《エルフ》が王位を継承する資格は、膨大な魔力と魔法の才能。そして、ティナは両方持ち合わせている。

レイトはティナが王位継承者として認識されている理由を悟った。

リンダはさらに話を続ける。

「ですからもしもライコフがティナ様と結婚していた場合、ティナ様が王位を継承したときに裏からヨツバ王国を支配していた可能性が高いのです。結果的にレイト様のおかげで彼の企みは阻止されましたが……奴は旧帝国《エンパイア》にティナ様が本当の王位継承者であることを漏らしたのです」

「へぇ～……ん？　じゃあそんな重要な話を俺に伝えちゃっていいんですか？」

「私はマリア様とも親交があります。彼女と相談した上で、レイト様にもこの事実を伝えるように言われています」

「マリアおば――姉さんがそんなことを……」

ティナの秘密を知ったレイトだが、だからと言って別に彼女との関係性が特に変わるわけではない。他国の王族であろうと今まで通りに友達として接することを決めた。

レイトはついでにリンダに質問する。

「ライコフはどうしたんですか？」

「本来ならば処刑ですが、彼の両親がどうしても命だけは助けてほしいと嘆願したので、現在は囚人として収監されています。少なくとも百年の間は囚人として生きていくでしょう」

「百年……」

「これでも刑期は短いほうです。国の重要機密を漏らしたのですから……」

森人族《エルフ》の感覚では人間で言う十～二十年程度だと思われるが、人間視点だと途轍もない数字である。もし人間だった場合、赤ん坊の状態から囚人として収監されたとしても刑期を終えるまで生き延びられる可能性は低い。

次にレイトが疑問を抱いたのはどうやってライコフが旧帝国《エンパイア》と関係を持ったかである。

「ライコフはどうやって旧帝国《エンパイア》と繋がったんですか？」

「拷問で口を割らせたところ、どうやらライコフは旧帝国《エンパイア》の幹部に嵌《は》められたようです。彼は人間という種族を見下していたことはご存じだと思いますが、その性格を利用され、人間という種がいかに愚かであり、森人族《エルフ》こそが六種族の支配者となるべきだと幹部にそそのかされたそうです」

「洗脳？」

「その可能性が一番高いかと……我々がこの時期に冒険都市を訪れたのは、実はライコフから情報を受けた旧帝国《エンパイア》の幹部の調査も兼ねています」

「なるほど」

リンダの説明にレイトは全て納得した。

今後、リンダはティナの護衛として常に一緒に行動し、その一方で旧帝国《エンパイア》の足取りを掴むために調査を開始するらしい。

「それと別件ですが、実はティナ様の件で国王様がレイト様に興味を抱かれたようなのです。よろしければ是非、お会いしたいそうなのですが……」

「えっ……でも、それはちょっと……」

突然の話にレイトは戸惑う。

一国の王がそう言ってくれるのは嬉しいが、さすがに今の時期は目立つ行動を避けなければならない。だが、国王の話を断るのはまずいかもしれない。

返答に困っていると、アイリスが助言を伝えてきた。

『リンダはすでにマリアから、レイトさんが王国から追放された王族であることを聞かされています。それを理由に目立つ行動は避けたいと伝えれば理解してもらえますよ』

『あ、そっか……ありがとうアイえもん』

『まったくレイトくんはしょうがないやつだなぁっ』

アイリスとの交信を終え、レイトは言いにくそうな表情を浮かべながらリンダを説得する。

「えっと……俺はバルトロス王国の人間です。追放された身とはいえ、一国の王と面会したことを王国に知られたら……」

「そ、そうでしたね。これは失礼しました……私の思慮不足でした」

レイトの立場を思い出したリンダは彼の身を案じ、慌てて頭を下げた。

レイトは心の中でマリアに感謝しつつ、自分に一言も相談なくリンダに情報を伝えていたことにはちょっとムッとした。

「では、私からの報告は以上です。時間を取らせて申し訳ありません」

「いえいえ、色々と教えてくれてありがとうございました」

「……一つ聞きたいことがあるのですが、レイト様はハヅキ家に関してどの程度の情報を知っていますか?」

「ハヅキ家……」

ハヅキ家は森人《エルフ》族の三大貴族と言われており、アイラとマリアは元々はハヅキ家の跡取りとして生まれた。だが、父親の死がきっかけで実の母親と対立するようになり、二人はヨツバ王国を抜け出して人間の土地で冒険者となった。その後はS級の冒険者にまで登り詰め、アイラは国王と結婚し、マリアは「氷雨」のギルドを立ち上げたという話はレイトも聞いている。

彼はバルトロス王国の王子である一方、ハヅキ家の血を受け継ぐ人間でもある。アイラとマリアに実家に戻る気はなく、レイトとしても別に関わり合いを持ちたいとは思っていない。だが、リンダによると、ハヅキ家で最近変化が起きているらしい。

「最近、ハヅキ家ではマリア様を呼び戻すことを主張する者が現れたようです。王国を抜け出したあとも短期間で冒険者ギルドを立ち上げ、しかも先日の『腐敗竜』の討伐に貢献したことでマリア様の評価が高まっています」

「俺もナオも頑張ったのに……」

「も、もちろんその事実も伝わっていますが、やはり元々高名だったマリア様が先頭に立って戦ったことが世間には伝わっています。元S級冒険者であり、さらに氷雨のギルドの影響力もますます高まっています。森人《エルフ》族の間ではマリア様を『金色の魔女』と褒め称える者も多いです」

「金色の魔女……ちょっと格好いい」

「ですが、マリア様の知名度が上がれば上がるほど、彼女を追い出したハヅキ家の評判も下がります。彼女が名を広めると、それに比例するように有能な後継者を手放したハヅキ家を嘲笑《あざわら》う輩が出てきているのです。ですが当主様は未だにお二人のことを許していません」

アイラとマリアが家を抜け出したのは、母親（ちなみに、母親の名前も「アイラ」である）がせっかく父親のカイルが二人に渡してくれた銅の髪飾りを奪い取り、使用人に処分を命じたからだ。

しかし、処分を命じられた使用人は髪飾りをよりにもよって「甲殻獣《こうかくじゅう》」と呼ばれる森人《エルフ》族が騎獣として利用する魔物の首飾りに利用してしまう。

父親のカイルは娘達のために甲殻獣から首飾りを回収しようとしたが、森人《エルフ》族以外の存在には過敏に反応する甲殻獣によって殺されてしまう。

この一件で母親のアイラは、娘達が髪飾りをカイルに取り返すようにお願いしたのが原因で彼が命を落としたと思い込み、娘達も父親が渡してくれた髪飾りを母親が奪わなければ父親が死なずに済んだと考え、母子の間に決定的な溝《みぞ》が埋まれる。

そのような経緯でアイラとマリアは父親が住んでいたバルトロス王国の地を訪れ、その類まれな才能で冒険者の職業に就き、それぞれが大成した。

家を抜け出してから二十年近くの時が経過しても二人はハヅキ家に戻るつもりがなく、母親のほうも彼女達には関わらないようにしていた。

だが、リンダによるとハヅキ家の中で最近ではマリアだけでも呼び寄せて彼女を後継者にするべきだと主張する人間もいるのだという。もとを正せばアイラとマリアもハヅキ家の人間であり、ここは過去のことを水に流して二人を招き入れるべきだと考える者も出てきたが、当主である母親は未だに彼女達に連絡を取ることさえしていない。

「ハヅキ家は俺の存在を知ってるんですか？」

レイトが聞くと、リンダは困ったような表情を浮かべる。

「そこまでは私も……ですが、もしもレイト様の存在が知られたら当主は間違いなくレイト様のことを快く思わないでしょう。ハヅキ家はバルトロス王国を憎んでいますから」

「えっ!?」

「先々代当主のヨウミャク様はバルトロス王国の先々代国王に討《う》ち取られています。現在の両国は不可侵条約を結んでいますが、ヨウミャク様を殺されたハヅキ家は未だに王国を許していません。先代当主のグリン様も王国との戦争で死亡しています」

バルトロス王国とハヅキ家の因縁は根深く、現当主も王国のことを快く思ってはいない。

そして、自分への当てつけのようにバルトロス王国に嫁いだアイラのことも当主は恨んでいる。

しかも子供であるレイトはハヅキ家と王国の血筋を引いていることになる。

「今までにレイト様はハヅキ家との接触はありましたか？」

「接触……う～んっ」

「心当たりはありませんか？」

リンダの質問にレイトは考え込んだ。

今までに何度か命を狙われたことはあるが、それがハヅキ家と関係している人間かと言われると レイトには見当もつかない。実際にはいたのかもしれないが、あまりに命を狙われすぎてきたので心当たりが多すぎて分からないのだ。

結局、レイトは首を横に振った。

「特にそれらしい人はいないと思います」

「そうですか……ですが、これからはお気を付けください。マリア様はあなたの出生の秘密をなるべく隠そうとしていますが、すでに知られているとしたら命を狙う輩が出てくるかもしれません」

「分かりました」

リンダの助言にレイトはこれまで以上に自分の行動に気を付けることを決め、あとでアイリスと相談することに決めた。

そのとき、リンダは思い出したように言う。

「そういえば、先ほどの試合はお見事でした。以前に会ったときよりも逞《たくま》しくなりましたね」

「えっ!?」

リンダの発言にレイトは驚愕の声を上げた。

彼女が闘技場で自分が戦っていた試合を見ていたことにも驚いたが、それ以上にわざわざ自分が変装していたにもかかわらずに彼女に気付かれたことに動揺を隠せない。いくら知り合いとはいえ、簡単に気付かれるようでは変装の意味がないのだが……

するとと、慌ててリンダは手を振りながら事情を説明する。

「あ、大丈夫です。レイト様が変装して闘技場に参加することは、マリア様から事前に聞いていました」

「え、マリア姉さんから……？」

「本日の試合にもしもフェリス商会の代表選手が交代していた場合、その人物が変装したレイト様で間違いない、と聞きました。この事実を知っているのは私の他に数人だけですので安心してください」

「なんだ、そういうことか……びっくりした」

レイトは自分の変装が雑すぎて正体に気付かれたのではないかと不安に思ったが、リンダの話を聞いて安堵の息をついた。そして、事情を知っているリンダにならば試合での自分の戦い方についての感想を聞けるのではないかと考える。

「リンダさんは俺の試合を見てどう思いました？」

レイトは森人族《エルフ》の護衛役として戦闘経験が豊富だと思われる彼女に助言を乞うことにしてみた。

「どう、とは？」

「えっと……何か弱点があるように見えましたか？」

「そうですね……私の本職は格闘家なので剣に関する助言はできませんが、強《し》いて言うのであれば……レイト様は足の力のほうが強いようですね」

「足？」

リンダの言葉にレイトは首を傾げ、自分の足を確認する。特に変わっているところはないが……

向かい側の席に座っていたリンダが立ち上がり、彼の元に近付くと両足に手を伸ばした。

「少し失礼します」

「うわっ⁉」

「……ふむ、しなやかで、それでいながらよく鍛えられた素晴らしい筋肉です」

彼女はレイトの両足を両手で握りしめ、マッサージするみたいに筋肉を解《ほぐ》しながら感心したように頷く。

唐突なリンダの行動にレイトは慌てるが、彼女は惜しむように彼の足を手放して説明を再開する。

「レイト様はどのような鍛錬を積んでいたのですか？　魔術師にしてはあまりにも見事な足の筋肉の付き方をしていますが……」

「え？　鍛錬？」

「この筋肉の付き方はどちらかと言うと、人間よりもむしろ獣人族《ビースト》のそれに近いです。単純に走り込みを行うだけでは絶対に身に付かない筋肉をしています」

「そう言われても……あっ」

レイトはアイリスの指導を受け、子供の頃から頻繁に「跳躍」のスキルを使用していた。

深淵の森で暮らしていたときはこの「跳躍」のスキルで木々を飛び移ったり、足の速い魔物を捕まえたりするために使用することが多かった。その影響が肉体にも及んでいたのかもしれない、とレイトは考えた。

そのことを説明するとリンダは頷き、さらに話す。

「レイト様の試合を見て残念に思ったのは、足の筋肉を使い切れていないところです」

「筋肉を……使い切れていない？」

「たとえば剣を振るとき、レイト様は全身の筋肉を利用して攻撃していますね？」

「あ、はい」

全身の筋肉で剣を使うのはバルから教わった「撃剣」の技術であり、それを見抜かれたことにレイトは驚いた。

リンダは言葉を続ける。

「あの剣技は見事ですが、レイト様は完全には使いこなせていません。その点だけがあまりにも惜しいと感じました」

「完全には使いこなせていない……」

「これはあくまでも予測ですが、あの剣技は本来、巨人族《ジャイアント》の剣技ではないでしょうか？　だから人間であるレイト様が完全に扱える技術ではないのかもしれません」

「う～ん……そう言われるとな」

「撃剣」の技術を教えてくれたバルは人間ではあるが、彼女は巨人族《ジャイアント》の血を受け継いでいる。実際、彼女は巨人族《ジャイアント》にしか覚えられない戦技も習得している。

バルの場合は巨人族《ジャイアント》の血を受け継いでいるので「撃剣」の技術を完全に扱えるのかもしれないが、人間であるレイトには本来ならば不向きな技術の可能性もある。

「撃剣」についてリンダに話すと、彼女は納得したように頷いた。

「その『撃剣』という技術はきっと、今のレイト様では完全に扱える代物ではないのでしょう。ですが、最後に見せた『疾風突き』に関しては見事でした。魔術師でありながら、あのときのレイト様の拳の動作は完璧でしたので私も驚きましたよ」

「『疾風突き』？」

リンダによると、こちらの戦技に関しては彼女も文句が言えないほど見事に使いこなしていたという。

「『疾風突き』の戦技が俺の身体と相性がいいんですか？」

「はい。それは間違いありません……レイト様の身体が獣人族《ビースト》の筋肉の付き方をしていることと関係しているのかもしれません」

「ふむ……」

レイトは自分の拳に視線を向け、長期間使っている「撃剣」よりも最近覚えたばかりの「疾風突き」の戦技のほうが褒められたことに首を傾げた。リンダによればこちらの戦技のほうがレイトの肉体に適しているらしい。

そのとき、レイトの脳裏にとある考えが閃《ひらめ》いた。

「あの……ちょっとリンダさんに見てもらいたい剣技があるんですけど、少しいいですか？」

「構いませんが……ティナ様も一緒でよろしいでしょうか？　あまり目を離すといけないので……」

「あ、はい」

◆　◆　◆

——レイトはコトミンとティナを呼び寄せ、彼女達も連れて家の庭に移動する。

他のペット達はアインと意気投合したのか、仲良さそうに遊んでいた。アインは両肩にスライム達を乗せ、ウルを抱きかかえている。

アインは庭に出てきたレイト達に気付いて嬉しそうに手を振る。

「キュロロッ♪」

「あ、いいな〜アインちゃん。可愛いお友達がいっぱいできてよかったね」

楽しそうなアインを見て、ティナが笑顔で言った。

「そういえばずっとティナがアインの面倒を見てたの？」

レイトが聞くと、ティナは元気に頷く。

「うん!!　アインちゃんは見かけは少し怖いけど、すぐにみんなに懐いてくれたよ」

「懐いた……のでしょうか？　私が近付くといつも離れるのですが……」

リンダがそう言ってアインに近寄ると、アインはなぜか少し怖がったように距離を取る。

「キュロロッ……」

リンダは残念そうな表情になり、レイトはなぜリンダだけが避けられるのかと疑問を抱く。

すると、ティナがこっそりとレイトの耳元に口を近付けた。

「えっとね、アインちゃんがリンダを怖がるのは、ご飯の時間にアインちゃんが間違ってお皿を壊しちゃったから、そのときに厳しく説教したせいだと思う」

「なるほど……」

「あのときは本当にすごかったよ。だってアインちゃんの身体が五メートルも吹き飛ばされるくらいの発徑《はっけい》を放ったんだもん」

「それはすごい」

アインの巨体を五メートルも吹っ飛ばしたリンダにレイトは戦慄《せんりつ》した。そしてそれと同時にアインが完全にティナに飼われていることを知り、無理やり彼女の元からアインを引き取るのはまずい気がしてきた。

アインは元々レイトが飼っていた魔物というわけでもなく、アインとしてもティナと一緒にいるほうが幸せそうである。そういったわけで、アインについては今後も彼女に面倒を見てもらうことにした。

「レイト、これから何するの？」

コトミンがレイトに尋ねた。

「ちょっとリンダさんに戦闘指南をね……準備はいいですよ」

「分かりました。では、お見せください」

リンダはティナ達を安全な場所まで下がらせ、レイトと向かい合う。

レイトは退魔刀を引き抜き、最近覚えたばかりの戦技を発動した。

「『疾風剣』!!」

「わあっ!?」

「おおうっ」

「これはっ……」

レイトが通常の二倍近くの速度で大剣を振り抜き、周囲に剣圧による突風が走る。その光景にティナとコトミンは驚いた声を上げ、リンダは考え込むように腕を組む。

レイトは剣を下ろし、リンダに感想を聞いてみる。

「これは最近覚えた戦技なんですけど……どうですか？」

「なるほど、確かに筋は悪くはないですね。その剣技は速度に特化した戦技のはずですが、大剣でその戦技を使用した人間は見たことがありません」

「疾風剣」という戦技自体はそれほど珍しくはないが、大剣で発動させる人間はリンダも初めて見たらしい。本来は重量が大きい剣で使用する戦技ではないが、レイトの場合は常日頃から大剣を使って慣れているので問題なく発動できる。

「今の戦技のときは、俺の筋肉はどうでした？」

「そうですね、やはり『撃剣』を使うときよりも身体の負担が少ないように思います」

「そうなのか……」

「疾風突き」の戦技とレイトの筋肉の相性がいいのならば、「疾風突き」の発展形である「疾風剣」も相性がいいだろうと考えたが、やはりそれは正しかった。

試しにレイトは、今度は右手に「重撃剣」を発動させ、もう一度剣を振り翳す。

「『疾風剣』!!」

「きゃあっ!?」

「はうっ」

「っ……!?」

先ほどよりも速度が上昇した一撃が繰り出され、強風が発生する。その光景にリンダは目を見開き、その一方でレイトは重撃剣を発動した状態ならば片腕だけでも疾風剣を発動できることを知った。

「おおっ……これはいいかも、これからは片腕のときはこの戦技を使おうかな」

〈技術スキル「疾風撃」を覚えました〉


「あ、新しいスキルを覚えた」

「い、今のもレイト様の剣技なのですか？」

リンダが戸惑いの表情を浮かべてレイトの元に駆け寄った。あまりにも凄まじい剣速に彼女も動揺を隠せなかった。

重力を操作する「重撃剣」と速度を重視した「疾風剣」は意外なほどに相性がよく、片腕だけの状態でも通常の「撃剣」のときより速度を大きく上昇させて攻撃することができる。しかも新しく覚えた「疾風撃」の戦技は大剣と長剣の二刀流時でも発動できるようだ。

レイトは試し斬りを行うために、「氷塊」の魔法を発動する。

「『氷塊』!!　こんな感じかな……」

「これは……オーガですか？」

「わあっ……綺麗な氷像だね」

「でも数秒後に無残に破壊される」

「クウンッ……」

「キュロロッ？」

レイトは「オーガ」の姿を模した氷像を庭の中に作り出した。

全員に見られる中、彼は退魔刀と反鏡剣を構えた状態で向き直り、剣を振り抜く。

「『疾風撃』!!」

次の瞬間、レイトの繰り出した右腕の大剣がオーガの頭部を斬り裂き、続けて左腕の反鏡剣が胴体を斬り裂く。

氷像は十文字《じゅうもんじ》に斬られ、地面に転げ落ちた。

「うわっ……本当にコトミンちゃんの言葉通りになっちゃった」

驚いたように呟くティナ。

「レイトは容赦がない……そこが魅力」

コトミンはどこか満足げに言った。

「確かに素晴らしい剣技でした。大振りでありながらあの剣速、しかも両手で繰り出せるとは……まさに剣鬼」

リンダは生真面目に感想を述べた。

レイトは破壊された氷像を確認してみる。

単純な威力ならば「撃剣」と戦技を組み合わせた「剛剣」の剣技には劣るが、速度に関しては大幅に上回っている。彼は「疾風撃」をさらに他の戦技と組み合わせたらどうなるのか気にかかり、もう一度試し斬りを行うために新たな氷像を作り出した。

「今度はこいつにするか……『氷塊』」

「これは……赤毛熊《ブラッドベア》ですか？」

「あ、クマちゃんだ」

「むっ……よく私を魚と間違えて襲ってくる奴」

「グルルルルッ……‼」

今度は「赤毛熊《ブラッドベア》」の氷像を作り出したレイトは反鏡剣を鞘に戻し、今度は右手で退魔刀を握りしめながら意識を集中させる。そして自分が最も得意とする戦技と組み合わせて剣を繰り出した。

「はああっ‼」

レイトは退魔刀を赤毛熊《ブラッドベア》の氷像の頭上から叩き落とすように振るう。彼が選んだのは「兜割り」と「疾風撃」の組み合わせであった。

勢いよく振り落とされた大剣の刃が氷像を一刀両断した。

だが、勢いよく振りすぎたせいでレイト自身も転んでしまい、その上に一刀両断された氷像が乗っかる形で落ちる。その光景を見たウルが慌てて駆け寄り、アインも仕方がないとばかりに彼の背中に落ちた氷像を払いのけた。

「キュロロッ」

「いててっ……ありがとうアイン」

コトミン達も慌ててレイトの元に走っていった。

「だ、大丈夫ですか？」

リンダが心配そうに声をかけてきた。

「途中までは格好よかった。でも、最後の詰めが甘い」

コトミンの評価は辛口だ。

「厳しいなコトミン……」

「け、怪我していないの!?」

ティナの心配そうな質問には、頷いて応えた。

彼はため息をついて立ち上がった。途中まで上手くいったが、慣れない戦技の組み合わせでは体勢を崩してしまう。

「威力は上がったと思うけど、やっぱり慣れないと実戦では使えそうにないな」

「今の剣技はすごいと思いますが、レイト様の今の体格では不便かもしれません。使用は控えた方がよろしいかと……」

「よしよし、痛かったね～ほら、甘えてもいいんだよレイト君」

「むぐぐっ……!?」

ティナが落ち込むレイトを抱きしめて豊満な胸で顔を挟んだ。彼女本人は魔獣を可愛がるのと同じ感覚でレイトを慰めようとしているのだろうが、当のレイトはコトミンとは違った感触の大きな胸に頬を赤く染める。

しばらくの間はティナの胸に挟まれて癒されたレイトだったが、やはり新しい剣技は諦め切れなかった。使いどころさえ間違えなければ強力な剣技なのだ。そのため、一応は名前を付けておくことにした。

「技術スキルじゃないようだし、自分で考えないと……」

「名前ですか？」

「あ、それなら『加速剣撃』というのはどうかな？　すっごく格好いいでしょ？」

「『加速剣撃』……ちょっと長いけど、まあいいかな」

こだわりがあるわけではなかったので、ティナの案をレイトはすぐに採用した。

「剛剣」のときのように組み合わせた戦技の一つ一つに名前を付けるのではなく、今後は「疾風撃」と組み合わせた戦技を「加速剣撃」と呼ぶことを決める。威力と速度は上昇しているが、攻撃動作自体は普通の戦技と変わりはないためだ。

レイトは今後、時間があるときに他の戦技と組み合わせる練習を行うことにする。

「今日は激しく動いたからお腹が空いたな……あ、焼き魚が食べたい」

「……どうして私のほうを見たの？」

コトミンを見ていたら、レイトはなんとなく魚料理が食べたくなった。

視線に不穏なものを感じたコトミンはティナの後ろに隠れる。

思えばレイトは朝からずっと何も食べていない。せっかくなので、みんなを誘って食事を行うことにした。

「ティナとリンダも一緒にご飯食べる？　食材あったかな……」

「え？　私達もいいの？」

「いいえ、そこまで世話になるわけには……」

ティナは目を丸くし、リンダは遠慮しようとする。

「いいからいいから……コトミン、お前が隠している秘蔵の魚を寄越せ。知ってるんだぞ、こっそり一人で食べようと自分の壺《つぼ》の中に隠していることは」

「……ぷいっ」

「こっち向けやっ」

コトミンは往生際悪く顔を反らして知らないふりをした。

レイトはコトミンを後ろから抱きしめ、頭を撫でてやる。彼女が機嫌を損ねたり言うことを聞いたりしないときは、こうして優しく語りかけると機嫌を直すのだ。

レイトはコトミンにささやく。

「ほら……素直に白状しないと離さないぞ。それともまたあのお仕置きされたいの？」

「いやんっ……レイトはずるい。あんなことされたらお嫁に行けなくなる」

「ど、どんなお仕置きをしたの!?」

「だ、駄目ですティナ様!!　耳を塞いでください」

コトミンは恥ずかしそうにお尻をもじもじとさせ、ティナは興味と恥ずかしさが入り混じった表情を浮かべるが、慌ててリンダが彼女の耳を塞いだ。

ちなみにお仕置きの内容はただのお尻ぺんぺんであり、コトミンが前に大量の魚を持ち帰ったとき、彼女は自分の寝床にしている大きな壺をひっくり返した。そして中身の水が床を水浸しにしたことにレイトは珍しく怒り、コトミンのお尻を叩いた。とはいえ、最後には回復魔法で治療して許してやったのだが。

「……分かった、ご主人様には逆らえない。すぐに用意する」

「誰がご主人様だ」

「ウォンッ!!」

「キュロロッ!!」

『ぷるぷるっ』

「ああ、分かった分かった。お前らの分も用意するから……」

ペット達が自分も食べたいと騒ぎ出す。

結局コトミンが溜めこんでいた魚は全て調理されることになったのだった――

◆　◆　◆

レイトがティナ達と懐かしの再会を果たしていた頃、フェリスは商会の建物にて面倒な客の対応をしていた。

その人物はフェリスが闘技場から帰還した直後に訪れ、闘技場の試合で活躍した「ルナ」に会わせろと怒鳴り続けている。

「おい!!　さっさとあいつに会わせろ!!　この商会の代表なんだろうが!?」

「だから彼女はもう帰ったと言ったやん!!　今日はもう勘弁してくれへん?」

建物に入り込んできたのは氷雨に所属する剣聖、シュンであった。

彼は闘技場でルナに変装したレイトの戦闘を目にしていた。そして彼はルナの剣技を見て自分に襲撃を仕掛けた仮面の不審者と同一人物だと確信し、前回の借りを返すためにフェリスの元を訪れたのだ。

「あの野郎だけはぶっ倒さないと気が済まないんだよ!!　ここで雇ってるのならあいつの居所を知ってんだろ?　教えろっ!!」

「いい加減にしろやっ!!　いくら氷雨の冒険者と言っても、これ以上の狼藉《ろうぜき》は許さんで!!」

怒鳴り合う二人のもとに、メイドのアリスがぬっと出てきた。

「フェリス様、それにお客様も落ち着いてください」

「うおっ!?　な、なんでこんなところにオーガが……!?」

筋骨隆々のアリスを見てシュンは驚愕した。

フェリスはマリアがレイトに関する事情を部下に伝えていないことを恨みながらも、冷静に注意する。

「あんた、確か剣聖のシュンさんやったっけ？　うちの商会の闘技者にどんな用があるのかは知らんけど、これ以上ここで暴れるようなら出るとこ出るで？　いくら氷雨とうちが独占契約を結んでいるからと言っても調子に乗りすぎや」

「ちっ……分かったよ。騒いだことは謝る。だがどうしても俺はあいつに……」

「はあっ……そういうことなら試合でも組んだらどうや？　シュンさんも闘技祭に参加するんやろ？　それならうちも次の試合相手として指定してやってもええで」

「本当か!?」

フェリスの提案にシュンは即座に喰い付いた。

彼としてはルナともう一度だけ戦える機会を得られれば何も問題はない。シュンはすぐに彼女の提案を受け入れようとするが、アリスが会話に割って入った。

「フェリス様、実はそのことに関してなのですが……すでにルナ様に試合の申し込みを予約した方がいます」

「なんだと!?」

「え？　本当？　でもルナさんが試合に出たのは今日が初めてやで？　一体誰が……」

アリスの話によるとシュンよりも早くに商会を訪れた人間がいるらしい。

ルナの存在が公《おおやけ》になったのは今日のことなので、必然的にその人物も闘技場で彼女の存在を知ったことになる。

アリスはその人間の名前を告げた。

「名前は……ジャンヌという方です」

「ジャンヌだと!?」

その名前を聞いた瞬間、シュンは大声を上げた。

「うわ、びっくりした……ジャンヌ？　確かその人も剣聖やったな？」

「はい、とても礼儀正しい女性の方でした。どうしてもルナ様と戦いたいそうです」

「あいつめ……」

ジャンヌという言葉が出た途端、シュンは頭を抱えた。今からジャンヌを説得して自分が先に試合を行えるようにするかとも考えたが、彼女の堅物さは彼自身が誰よりもよく知っている。言葉で説得できる相手ではない。

シュンはヤケクソで叫んだ。

「くそっ!!　おい、会長さんよ!!　ジャンヌの前に俺に試合させてくれよ!!」

「それはあかんな。先に試合を申し込んだ人間がいるのなら、その人を優先させな筋が通らんやろ。悪いけどシュンさんはジャンヌさんの次の試合の相手ということでええな？」

「ぬぐぐっ……約束だからな、忘れんなよ!?」

シュンは不機嫌さを隠さずに建物を出ていった。

フェリスは子供のように舌を出しながら彼を見送ったあと、アリスのほうを振り返り、先ほどの話で出た女性について尋ねる。

「そのジャンヌというのは本当にここに来たんか？　うちも結構早くに戻ってきたつもりやけど……」

「はい。全身汗だくの状態で訪ねてきました。試合を見たあと、全速力で駆けつけてきたようです」

「ここから闘技場までかなり離れてるんやで？　そらまたご苦労なことやな……けど、ついに『剣聖』が動きだしたんか。ここからが大変やで、レイトさん……いや、ルナさん」

「他人がいる場所では決して言い間違えないように気を付けてください」

「分かっとるわい!!」

次の対戦相手が無事に決まり、フェリスはこれからのレイトの試合が大変なことになることを予想する。

そのとき、アリスがフェリスに手紙を差し出した。

「フェリス様、こちらの手紙が届いてます」

「ん？　誰からや？」

「マリア様からです」

「マリアさん？　どうしたんや急に……こ、これは⁉」

手紙を受け取ったフェリスは中身を開き、商人の「速読」の技能スキルを使用して内容を一瞬で読み終えると、驚愕の表情を浮かべる。そして、次のルナの対戦相手に関して彼女はジャンヌとシュンに謝罪の報告を行わなければならないことにため息を吐き出す。

「マリアさん……あんた、本当に自分の甥になんて相手を用意するんや」

「フェリス様？」

「今回ばかりは同情するで……レイトさん」

マリアの手紙にはルナの対戦相手の指定が書き込まれていた。

彼女は闘技祭が開催されるまでの間、決して彼を剣聖とは戦わせないように配慮していた。しかし、代わりにレイトの対戦相手として指定された者達は誰もが一筋縄ではいかぬ相手ばかりであり、さすがのフェリスもレイトに同情するしかなかった

4

アメリアの試合から二日後、ルナとして変装したレイトはフェリスとともに闘技場に赴く。今回はアリスとグロウもフェリスの護衛役として同伴していた。

今回の試合から、フェリスの計らいでレイトも個人用の控室を割り当てられた。

彼は試合の準備を整えるため退魔刀と反鏡剣を装備した。

「これでよし、と」

「準備万端やな。それじゃあ、試合後に迎えに来るからな」

「ご武運を」

「あ、はい……」

控室でレイトの準備が整ったのを確認すると、フェリスとグロウ・アリス夫妻は部屋から立ち去った。

残されたレイトは兵士の呼び出しがあるまで精神を集中させる。今回の試合の前に新しく覚えた「疾風撃」と「加速剣撃」の練習は十分に行ったつもりだが、結局のところは実戦で試さない限りは役立つ剣技なのかは分からない。

冒険都市周辺の魔物が腐敗竜の影響で減少したことで、覚えた剣技を試すことはできず、今日の試合がこの二つの戦技の実戦での初使用になる。自信はあるが、過信してはならず、レイトは退魔刀と反鏡剣を握りしめながら一度だけ剣を引き抜く。

「はあっ!!」

控室内に風切り音が響き渡り、一瞬だけ両目を赤く変化させたレイトは心を落ち着かせ、部屋の外側の通路から聞こえてくる足音に気付いて剣を戻す。

そして扉が外側からノックされ、男性の兵士の声が響き渡る。

『ルナ選手、間もなく試合の時刻になります』

「分かりました」

できる限り高めの声で返事をするレイト。声で自分の正体に気付かれる恐れがあるため、ルナの格好のときは必要最低限の言葉しか口にしないように心がけている。

レイトは最後の確認を終えてから扉を開け、兵士の案内で試合場の通路を移動した。

「今回は西門からの登場となります。また、今回は特設試合場は存在しませんのでお気を付けください」

「えっ……？」

「また、試合は扉が開いた瞬間に開始されます。試合開始の合図もありませんので注意してください」

「ええっ……」

移動の最中、兵士から予想外の説明を受けたレイトは困惑の声を上げた。今回は石畳製の特設の試合場ではなく、二人試合のときのように試合場全体が戦闘空間になるらしい。一人試合の場合でも試合場が変化することを彼は初めて知り、説明を怠《おこた》ったフェリスを恨む。

「では、この扉が開いた瞬間に試合が開始されます。扉の開門後は即座に試合場に赴いてください。あまりに時間を掛けすぎると失格扱いとなるのでご注意を……」

「はあっ……」

兵士の説明にレイトは頷き、扉の前まで移動した。

すると、兵士は逃げるように通路の奥に駆けだす。

そんな兵士の反応にレイトは首を傾げるが、気にせず集中することにした。

扉を前にして、開かれるのを待つ。

やがてついに扉が左右に開かれ、通路に光が差し込まれる。そしてレイトが入場すると、反対側の扉から対戦相手と思われる人影がやってくるのが見えた。

レイトは右手に退魔刀、左手に反鏡剣を握りしめる。

「さあ、今回はどんなあい……てぇっ……？」

レイトは予想以上の大きな人影に呆気に取られた。それは観客と実況席の人間も同じであり、誰もが東門から姿を現した選手に驚愕の表情を浮かべる。


「ふぁあ……!!　おら、眠いぞぉっ……」


試合が始まったにもかかわらず呑気《のんき》そうな声を上げながら姿を現したのは、巨人族《ジャイアント》の男性だった。

だが、その体格と身長は普通の巨人族《ジャイアント》の比ではなく、同じ巨人族《ジャイアント》のゴンゾウの二倍近くの体格を誇る。

「な、なんだあいつは……⁉」

「ジャ、巨人族《ジャイアント》……いや、でもさすがにあんな大きさの奴なんて……」

「ど、どこのギルドの冒険者なんだ⁉」

「うるせえなぁっ……静かにしてくれよ」

「ひいっ⁉」

口々に騒ぎ立てる観客を巨人が睨みつけて黙らせる。あまりの迫力に観客達は声も上げられず、レイトも自分の何倍もの大きさを誇る相手に苦笑いを浮かべる。

「ん～？　お前がおらの相手か？　よろしくな～」

「は、ははっ……どうも」

『……はっ‼　す、すみません……このラビィとしたことが、あまりにすごい選手の登場で実況を忘れていました‼　で、では紹介します‼　まずは西門から登場したフェリス商会の代表‼　黒銀の剣士ルナ選手‼　そ、そして……ええっと、い、一般参加のダイゴ選手です‼』

「一般参加……？」

実況席の獣人族《ビースト》のラビィ（レイトも初めて名前を知った）の説明に、レイトは自分の対戦相手のダイゴに視線を向け、その巨体と迫力に圧倒される。

その一方でダイゴは眠たそうに目を掻きながらレイトを見下ろし、背中に装備した超巨大な「鍬《くわ》」を握りしめた。

「おめえがおらの相手かあっ……小さいなぁっ」

「いや、あなたがでかいだけだと思います」

「そうか？　よく言われるけど、おらの父ちゃんと母ちゃんのほうがでかいぞぉっ」

「マジかよ……」

試合中にもかかわらずダイゴはまだ欠伸を噛み殺している。

ダイゴは退魔刀の三倍近くは誇る大きさの鍬を引き抜き、ゆっくりとした動作で振り翳した。

「じゃあ、行くぞぉっ!!」

「ちょっ……うわぁっ!?」

ダイゴが勢いよく鍬を振り下ろした。

その一撃は闘技場の地面を容易く抉《えぐ》った。直撃したら冗談抜きで死亡する可能性がある。

ダイゴが再び鍬を振ったので、レイトは「縮地」を発動して咄嗟にダイゴの足元にまで移動し、攻撃を回避した。

空振りした鍬はまたも地面を抉り、凄まじい砂煙が上がった。

「うわぁっ!?」

「な、なんだっ!?」

観客席から戸惑いの声が聞こえてくる。

『さ、最前列の観客の皆さんをダイゴ選手が振り払った地面の砂煙が襲う!!　というか、私も何も見えませんっ!?』

ラビィの悲鳴混じりの実況が響き渡った。

ダイゴは鍬を握りしめ、不思議そうな表情でレイトの姿を探す。

「あれ……どこ行った？　消えちまったぞ」

「ひいいっ……潰される」

「お、そこにいたのかぁっ？」

少し情けない悲鳴を上げながら、レイトは慌ててダイゴから離れるように駆けだした。下手に近くにいると踏み潰されそうな恐怖を感じる。

ダイゴはレイトを逃すまいと手を伸ばすが、巨体の分だけ動作も鈍《のろ》いらしく、「縮地」を使えるレイトを捉えることはできない。

「くそっ!!」

「おおっ？　お前、どうしてそっちにいるんだ？」

「縮地」を発動することで一瞬にして別の場所に避難するレイトに対し、ダイゴは驚きの声を上げながら何度も腕を伸ばすが、やはり素早く動き回るレイトを捕まえられない。

やがていらだちを覚え始めたのか、ダイゴは再び鍬を掲げ、地面に振り下ろす。

「『兜割り』っ!!」

「嘘だろ!?」

信じられないことに、ダイゴが戦技を発動した。

「縮地」を発動して別の場所に回避することもできるが、レイトは危険を感じてあえて上空に「跳躍」する。

「ふぅんっ!!」

『うわあああああっ!?』

ダイゴが鍬を振り下ろした瞬間、試合場の地面に振動が走り、大量の砂煙が観客席にまで流れ込んだ。

その光景を上空で見ていたレイトは、まともに受ければ身体が木端微塵《こっぱみじん》になっていたのではないかと冷や汗を流す。

赤毛熊《ブラッドベア》やオーガさえも上回る一撃を放つダイゴは、空中のレイトを見つけた。こちらに向けて再び右腕を伸ばしてくる。

「このぉっ!!」

「くっ……『回し受け』っ!!」

「おおっ!?」

一か八かの賭けでレイトは格闘家の防御用の戦技を発動させた。

円を描くように動かした腕がダイゴの伸ばした掌を払い、結果的に攻撃をかわして地上に着地することに成功した。だが、ダイゴの掌を受けた左腕が痺れてしまった。

レイトは腕を押さえながら試合場を駆け抜ける。

「いつつっ……なんで俺は二戦目でラスボスみたいな奴と戦ってるんだ!?」

『頑張ってください。いざというときは私の助言がありますから』

「お前、久しぶりに声を聞かせたな!!」

「ぬんっ!!」

脳内に響くアイリスの言葉にレイトが逆ギレ気味に返事をすると、背後から爆発音のような音が響き渡る。

振り返ると、ダイゴの鍬が背後から近付いていていた。

最初は「縮地」で逃げようかとレイトは考えたが、彼の眼前にはすでに試合場の壁が迫っており、逃げられる箇所は限られていた。壁が存在しない方向に移動したとしてもダイゴは鍬をハンマー投げのように振り回す体勢に入っており、確実に避けられるとは限らない。

「『限界強化』!!」

身体能力を補助魔法で最大限に強化し、レイトは退魔刀を引き抜いて覚悟を決める。

レイトは技能スキルの「観察眼」と「迎撃」を発動し、鍬が間近に接近した瞬間、大剣の刃で振り払った。

「『受け流し』ぃっ!!」

「うおおっ!?」

『な、なんと⁉　ルナ選手、ダイゴ選手の攻撃を弾《はじ》いたっ⁉』

『おおおおおっ⁉』

迫りくる鍬を防御用の戦技で受け流したレイトに観客席から歓声が上がるが、当の本人からすれば複数のスキルを発動してなんとか弾き返すことに成功しただけであり、喜ぶ暇などない。それどころか、両腕が痺れてしまっている。

「くううっ⁉　ば、馬鹿力め……」

「お前、すごいなぁっ‼　おらの鍬をこんな風に撥ね返した奴、初めてだぞぉっ‼」

「そりゃどうも……いつつ、『回復超強化』‼」

「限界強化」を解除し、レイトは「回復超強化」の魔法で一度完全に身体を回復させる。

その間にもダイゴは自分の鍬を持ち直している。

「よぉしっ……今度は本気で行くぞぉっ‼」

「ちょ、勘弁しろよ……」

『あぁっと‼　またもダイゴ選手が鍬を頭上に構えたぁっ‼　観客の皆さん、避難してくださいっ‼』

ダイゴが鍬を振り上げた。先ほどの「兜割り」の戦技を発動するつもりらしい。

レイトは退魔刀と反鏡剣を構えた。正直に言えばこれが「試合」ではなく「勝負」ならダイゴを倒す手段はいくらでもあるのだが、レイトはあえて正面から受け止めることを決めた。

「『限界強化』『重力剣』……『付与強化』」

レイトは肉体を限界まで強化し、さらに両手に紅色の重力の魔力をにじませ、付与強化の補助魔法で両手の魔力を強化する。こちらも最大の一撃を繰り出さなければ押し潰されることは間違いなく、レイトは「観察眼」の能力を発動して「迎撃」の準備をする。

「来いよ、デカブツ!!」

「『兜……割り』ぃっ!!」

『最前列の人、頭を伏せてぇっ!!』

闘技場内に観客の悲鳴が響き渡ると同時に、ダイゴが両腕の力を込めて鍬を振り下ろした。

頭上から落ちてくる鍬の刃に対し、レイトは相手の攻撃の軌道を見抜き、両手の剣を重ね合わせるように振り翳す。

「『疾風撃』!!」

「うおおおおおっ!!」

激しい金属音が響き渡り、ダイゴとレイトの武器が衝突した。

次の瞬間、衝撃波のような振動が周囲に走る。

そして、勝利したのは自分の力を最大にまで強化させたレイトの一撃だった。

ダイゴの鍬の刃が粉々に砕け散る。

「ぬおっ!?」

「まだ、まだぁっ!!」

鍬を破壊されたことでダイゴは体勢を崩した。

その隙を逃さずにレイトは勢いよく足を踏み出すと、ダイゴの顔面に向けて飛びかかる。そして大剣と長剣の柄を握りしめ、ダイゴの眉間《みけん》に向けて叩きつける。

「ぐおおっ!?」

「急所は……人間と同じだろ!?」

人間離れした体格を持つ巨人とはいえ、急所の位置は変わらない。

レイトの剣の柄が眉間に衝突した瞬間、ダイゴは悲鳴を上げて後方に倒れ込む。

強烈な一撃を受けたダイゴは頭を押さえながら地面に横たわり、苦痛の表情を浮かべながら泣き叫ぶ。

「いでぇっ!! いでぇよぉっ!!」

「なんだこいつ……意外と打たれ弱いのか?」

レイトが呆気に取られていると、ダイゴは額から血を流しながらも起き上がった。そして血走った目で、刃が砕けて只の木の棒になり果てた鍬を握りしめてレイトを怒鳴りつける。

「お、お前っ……許さないぞぉっ!!」

「変な奴だな……まあ、面倒だからもう終わらせるぞ」

実戦でも「疾風撃」の技術スキルが役立つことが判明した。それを確認できたレイトは反鏡剣を腰に差すと大剣を両手で握りしめ、今度は「加速剣撃」で挑むために準備をする。まだ魔法の効果は切れていないので身体から魔力が迸り、その光景に観客達が魅入られる。

「な、なんだあいつ……何か光ってないか？」

「魔法か？　でも、あいつ剣士なんだろ？」

「あんな魔法、見たことない……」

『こ、これはどうしたことでしょうか？　ルナ選手の肉体から見たこともない光が漏れています!!　全身に光石でも身に着けているのでしょうか!!』

観客からいい具合に注意を引きつけたレイトは退魔刀を握りしめ、レイトはあえて彼に怒声を放った。

「さっさと来い!!　うすのろっ!!」

「この……ちびぃいいいいっ!!」

ダイゴは自分よりも圧倒的に小さいレイトに向けて木の棒を振り翳し、横薙ぎに振り払った。その光景にレイトは両目を一瞬だけ赤くさせ、地面を踏みしめながら大剣を振るう。

――この時のレイトは、無意識に「撃剣」の技術を応用していた。普段から大剣で戦い続けた彼はダイゴの攻撃を撥ね返すために知らず知らずのうちに全身の筋肉を使ったのである。

結果としてそれは、「疾風撃」と「戦技」を組み合わせた「加速剣撃」を上回る一撃を生み出した。

「あああああああああっ!!」

「ぬおっ……!?」

一瞬だけレイトの身体を「真紅《しんく》の魔力」が覆い込んだ。

ダイゴの棒を大剣の刃で切断した瞬間、衝撃波が発生してダイゴの巨体が吹き飛ぶ。その光景に誰もが驚愕の悲鳴を上げ、吹き飛ばされたダイゴは試合場の壁に頭部をぶつけた。その衝撃で気絶したのか、呻き声を上げながら地面に倒れて起き上がらなくなる。

「……え、なんだ……今の?」

自分が放った技にレイトは戸惑う。いつの間にか身体をまとっていた真紅の魔力も消失し、何が起きたのか自分自身でさえも理解できなかったのだった。

◆　◆　◆

――試合を終え、控室に戻ったレイトはアイリスと交信を行う。疑問が生まれたら彼女に問い質すのが一番であり、最後の自分が繰り出した攻撃の際に発言した「真紅の魔力」について聞いてみる。

『アイリス』

『最後の斬撃のことを聞きたいんですね。なかなかすごい一撃だったじゃないですか』

『あれはなんだったの？』

『剣鬼として完全に覚醒した人間は真紅の魔力をまといます。レイトさんが完全な剣鬼になりつつある証拠ですよ』

アイリスの説明によるとレイトの変化は「剣鬼」の力を身に付け始めている証拠らしく、最後の「真紅の魔力」は彼が剣鬼に完全に覚醒しつつあることの証明なのだという。

『それにしても支援魔術師と剣士は意外と相性がいいのかもしれませんね。重力の魔法と剣を組み合わせるなんてレイトさんぐらいしか考えませんよ』

『照れる』

『といっても最後の一撃はレイトさんの身体に大きな負担を与えています。実際、体力と魔力もごっそり減ったでしょ？』

『正直きついわ……』

控室に戻ったレイトは、フェリスが気を遣って用意してくれた魔力回復薬を飲み干すとベンチに横たわって休んでいた。それほどまでに先ほどの試合で魔力と体力を消耗していたのだ。身体の負傷は回復魔法で治すことはできても、体力と魔力は自然回復を待つか薬を使うしかない。最後の一撃だけで、体感的には三分の一近くの魔力と体力を消費した気分だった。

『本当に疲れた……だけど、あの力を使いこなせたらすごいことになりそうだな』

『真の剣鬼はあれくらいの攻撃を普通に生み出せますよ』

『マジかよ、化け物じゃん』

『まあ、そこまでの領域にレイトさんが至れるのかは分かりませんけど、今は使用を控えたほうがいいですよ。どうしても試合で使わなければいけない場合でも、一度だけしか使わないと約束してください』

『一度だけか……』

『短期間にあれほどの一撃を何度も生み出すと、レイトさんの身体が保ちません。あ、それとあの斬撃は剣鬼の間では「鬼刃《きじん》」と呼ばれています。こちらは戦技ではないですが、名称がないとアレなので今後はそう呼んでください』

『鬼刃か……名前は格好いいな』

交信を終えるとレイトは身体を起こす。回復超強化のおかげで肉体に損傷はないが疲労は大分蓄積されており、しばらく休まないとならないだろう。フェリスが迎えに訪れる前に少しでも寝ておこうかと考えていると、扉がノックされた。

「フェリスさん……？」

フェリスがもう訪れたのかと思ったが、扉の向こう側からは妙な気配がする。

レイトが扉から離れてしばらく様子を見ていると、やがてゆっくりと扉が開かれた。

そして通路から、見覚えがあるようなないような女性の兵士が入り込んでくる。

『レイト』

「えっ？」

彼女が自分の顔に手を近付けると、元々の顔が剥がれ落ち、やがて内部から見覚えのある顔が現れた。

「私」

「コトミン⁉」

『ぷるぷるっ』

姿を現したのはスラミンの擬態能力で兵士に化けたコトミンだった。ヒトミンも彼女の背中から現れる。どうやら兵士に変装してここまで潜り込んだようである。

コトミンはレイトの元に近付くとヒトミンを渡した。彼女には事情を話しているのでルナの姿でもレイトであることは知っており、彼の隣に座り込む。

『ぷるぷるっ』

「うわ、心配してくれたのか……ありがとうな」

「試合見てた。すごかった」

「……え、感想短くない⁉」

「それより身体を横にする」

たった一言で試合の感想を終えたコトミンにレイトは驚愕するが、彼女はレイトをうつ伏せにさせる。何をする気なのかとレイトはコトミンを見上げるが、彼女は掌を構えて背中を押さえる。

「疲れを癒す、動かないで」

「ふぉおっ……こ、これはなかなか」

『ぷるんっ？』

コトミンがレイトの背中に親指を押し込み始めた。どうやら指圧をしてくれるらしい。

レイトは少しの痛みとともに、身体が楽になっていくのを感じる。絶妙な力加減で背中のツボを突くコトミンにレイトは感謝しながら、ヒトミンとスラミンの頭を撫で回す。

指圧を行う際、コトミンはレイトの背中に乗っているので、彼女の体重や身体の柔らかい感触も伝わってくる。基本的にはレイトはコトミンとはペットのような感覚で接しているが、こうしているとちゃんとした女の子だと改めて分かり、少し照れくさくなる。

気恥ずかしさを隠すように、レイトはヒトミンに話しかけた。

「そういえばお前らは擬態能力があったよな。試合前にお前らを連れてくればわざわざ着替える必要はなかったかな」

『ぷるぷるっ』

「あんなに激しく動かれたら剥がれ落ちる？　そんなもんなのか……ふうっ、大分楽になった」

「もう動いていい」

コトミンが背中から離れたので、レイトは身体を起こす。大分身体が癒され、レイトは彼女の頭を撫でて感謝した。コトミンは人魚族《マーメイド》なのに猫のように「にゃあああっ」という声を出し、嬉しそうに猫耳を思わせる癖っ毛を動かす。

「レイトさ〜ん。お邪魔するで〜」

「あ、どうも」

「ども」

「いや、どちらさん!?」

ノックもせずにフェリスと彼女の護衛のアリスとグロウが入り込み、部屋の中にいたコトミンに驚く。この控室は関係者以外立ち入り禁止だが、レイトが事情を説明して許してもらった。

「なんや、レイトさんも隅に置けんな〜こんな可愛い彼女がいるなら先に言っといてもらわんと驚くやんか」

「彼女……照れる」

「どっちかというとペットのように可愛がっています」

「ペット……それも悪くない」

「なんでやねんっ!! そこは怒らんかいっ!!」

フェリスのツッコミのあと、アリスがコトミンに注意する。

「ですがこれからは関係者とはいえ、我々の許可なく中に入り込むのはお控えください。もしも誰かに姿を見られたら……」

「分かった。気を付ける」

「本当かいな……まあ、今日は本当にお疲れ様でした。まさかあんな規格外の巨人を相手に勝つとは……」

「何度か死ぬと思いましたよ」

レイトは対戦相手のダイゴのことを思い出す。

闘技場で戦った中では、間違いなくこれまでで最強の相手だった。だが、仮にこれが試合でなければ勝利する方法はいくらでも存在する。

――ダイゴは巨体で力も強いが、その動作は鈍《のろ》く、大振りの攻撃しかできなかった。もしも殺し合いだった場合は、顔面に向けて魔法を放つ、足を切断して体勢を崩したところに剣を急所に突き刺す、「土塊」の魔法を利用して足場を崩すなど色々と手段はあった。

それでもレイトが剣士としての戦闘に集中したのは「ルナ」が世間からは大剣を扱う剣士として認識してもらうためであり、商会のためにルナの名前を知らしめるためである。ダイゴが強敵だったのは紛《まぎ》れもない事実だが、だからといって敵わない存在ではない。

「あんな大きな巨人を倒したんだから、もう目的は達成したんじゃないですか？」

レイトが聞くと、フェリスは首を横に振った。

「いや、いくらすごいと言うてもダイゴは無名の剣士やからな。今回の試合を見た観客はレイトさんの……いや、ルナの実力を思い知ったやろうけど、やっぱり闘技祭の本戦に出場せんことにはなぁっ……」

フェリスが言うと、続いてグロウが発言する。

「ですが試合は見事でした。特に最後の一撃、まさに最強の名に恥じぬ剣士の攻撃でした」

「あ、どうも」

グロウの発言にレイトは戸惑った。グロウは最初の頃と比べると随分と態度が変わっていた。元々は真面目な武人だったのだろう。だからこそ自分の剣に誇りを持っていて、よそ者に代表の座を奪われたことが気に入らなかったようだが、今は納得しているのか殊勝な態度で彼に対応する。

「それで早速で悪いんやけど……次の試合の相手が明日に決まったんや」

「え!?　明日!?」

相当なハイペースにレイトは驚きの声を上げた。

「ほんまにすまんっ!!　でも、どうしてもレイトさんと戦わせろという奴がいてな……時間は明日の午前中の最後なんやけど、戦ってくれんか？」

「明日か……別にいいですけど、今度はちゃんと対戦相手の情報を教えてくださいよ」

「そ、それはもちろんや!!」

今回の試合、レイトは対戦相手のことを知らされずに試合に挑んだ。そのせいでダイゴが現れたときは彼も度肝を抜かされた。もっとも、事前に情報を聞いていたとしてもあれほどの巨体の相手ならば初見では戸惑うのは確実なので、今回に関してはレイトも強くは言えない。

「次の対戦相手なんやけど、今度も剣士が相手や。しかも普通の剣士じゃなく、あの氷雨に所属するシノビっていう暗殺者と同じ国の出身らしいで」

「シノビ？」

氷雨のシノビといえば、シノビ・カゲマルしかいない。レイトの知り合いで、何度か行動をともにしたこともある。

「本当は別の人がレイトさんの試合を申し込んでたんやけどな……マリアさんの意向でちょいと対戦相手の順番が変わってしまったんや」

フェリスが言うことも気になったが、レイトはそれ以上に明日の対戦相手について気になっていた。

カゲマルは特別な国の出身であり、彼は普通では習得できない隠密系の職業を身に付けているとマリアから聞いたことを思い出す。次の対戦相手が彼と同じ国の人間ならば、カゲマルと同様の職業である可能性もある。

「明日の試合まで身体を休めないと……」

「今日のところは家まで送らせてもらうで。あ、そうそう……これが今日の分の報酬です。受け取ってください」

「あ、ありがとうございます」

思い出したようにフェリスは金貨を四枚取り出した。先日の試合で儲けた金貨を全額賭けていたので、今回も倍額を受け取る。

金貨を受け取ったあとはフェリスとともに馬車に乗り込み、ひとまずは彼女の商会の建物に戻る――

◆　◆　◆

――同時刻、試合場の観客席には三人の剣聖が集まっていた。彼らは無言でレイトが最後に見せた一撃を思い返す。

観客席に集まったのはシュン、ジャンヌ、そして闘技場を毛嫌いしていたはずのロウガであり、彼らは深刻な表情でゆっくりと口を開く。

「あいつ……最後の一撃、あれは何をした」

「分かりません……ですが、あれほどの攻撃を見たのは初めてです」

シュンとジャンヌはレイトの「鬼刃」を見て冷や汗が止まらなかった。

その一方でロウガだけは過去に一度だけレイトと酷似した技を使っていた人物のことを思い出す。

今から五十年前、まだ彼が剣聖と呼ばれる前の時代のことだ。傭兵として生きていた彼は、戦場で見かけた一人の戦士のことを思い出していた。

「儂は見覚えがある」

「なんだと!?」

「本当ですか？」

「ああ……だが、もしも奴の最後の攻撃が儂の知る人物と同じ『剣』を操る者だとしたら……」

ロウガはそこで一度黙り、やがて強い意思を想像させる瞳を開き、決意を決めたように言葉を告げた。

「――殺さなければならん。どんな手を使っても、だ」

◆◆◆

翌日、午前中の最後の試合に割り当てられたレイトは特別控室で準備を整えていた。今回は、彼の応援のためにコトミン以外にも駆けつけてきてくれた冒険者仲間のゴンゾウとダインもいる。あまりむやみに仕事の内容を他の人間に漏らしては駄目なのだが、二人は信用できる人物と説得してレイトが招き入れたのだ。

試合が始まるまでの間、レイトは仲間達と雑談することで緊張を紛らわせていた。

「ごめんね二人とも、わざわざ来てもらって」

「気にするな、試合に集中しろ」

ゴンゾウが短いながらも、温かみのある言葉を述べた。

一方、ダインはルナの正体についてまだ驚いている。

「まさか噂になっているルナの正体がレイトだったなんて……まあ、人間の癖に大剣を扱うという点で少しは気になっていけどさ」

そこに、コトミンが話しかけてきた。

「レイト、ティナとリンダも応援に来てくれてる」

「それは嬉しいな」

今回はフェリス達も先に観客席で待機している。最近の試合の活躍のおかげか、レイトが「ルナ」として試合に出場する日に限って観客が増員しており、残念ながら満員ということでゴンゾウ達は観客席には立ち入れなかった。だからこそせめて試合前にレイトの元に行き、彼に声援を送っているのだ。

「それにしても最近の闘技場は本当にやばいよな……この数日間で都市の観光客が一気に増加したせいで、僕の泊まっている安宿まで満員になってるよ」

ダインがうんざりしたように言った。

そんな彼にレイトが提案する。

「そういえばダインは他のギルドの冒険者だっけ。ダインも黒虎に移籍しなよ」

「やだよ!!　もう二度とバルの下では働かないからな僕はっ!!」

激しく首を振って拒否を示すダインにレイトは首を傾げる。断片的な話はたまに聞くが、未だに彼とバルの関係性がよく分からない。姉弟のように仲がいいとは思うが、それにしては別々のギルドに所属しているのはなぜだろうか。

レイトは思い切って聞いてみることにした。

「前々から思ってたけど、ダインはバルとどういう関係なの？　昔は世話になってたとは聞いてたけど……」

「それは……まあ、別にいいか。誰にも言うなよ」

『ぷるぷるっ』

「そいつは約束できないぜぇっ……と、スラミンが言ってる」

「お前らはぷるぷるしか言えないから別にいいよ!!　実は僕はな……」

『レイト選手、試合開始の時刻が迫っています。そろそろ移動を始めてください』

「うぉいっ!?」

『はい!?』

扉の外から都合悪く（よく？）迎えの兵士の声がした。

レイトはダインの過去話はあとの楽しみに取っておくことにして、試合場に向かうことにした。

「じゃあ、行ってくるね」

「あ、ああ……行ってらっしゃい」

「勝ってこい」

「がんばっ」

『ぷるるんっ』

「ここまでくるとウルがいないのが寂しいな……」

ウルと行動していると目立ちすぎるので試合場には呼び出せない。それを残念に思いながらもレイトは扉を抜け出そうとしたとき、不意にダインが彼を呼び止めた。

「あ、待てよ!! そういえばこれを渡し忘れてた。ほら、僕の魔力回復薬をやるよ」

「お、いいの？」

「それ、結構上質な奴だからな。でも、試合で使わなかったら返してくれよ？」

「ありがとう。なんかフラグを立てた気がしないでもないけど……」

「フラグ？」

ダインから魔力回復薬を受け取り、レイトは準備を整えて通路に出る。そして兵士の案内の元、試合場に向かう――


――十分後、彼は特設試合場に乗り込み、対戦相手を待ち構える。今回は通常の試合通りに石畳の特設試合場で行われるらしい。

実況席のラビィの解説が闘技場に響き渡る。

『お待たせしました!! 間もなく試合が始まります!! すでに東門からは黒銀の剣士ルナ選手が登場しています!! 昨日の試合の疲れは取れているのか心配ですが、今回の対戦相手は和国《ワコク》出身の曲者!!　ハンゾウ選手です!!』

『おおおおおっ!!』

ラビィの実況に歓声が上がった。

レイトは武器を引き抜いて相手を待ち構える。別に試合前に武器を構えていても問題ないことはアメリアとの試合で証明されている。

そして、ついに扉が開かれた。

『さあ、選手の入場です!!　おおっと!?　こ、これは意外です!!　出てきたのは可憐《かれん》な黒髪の少女です!!』

「おおっ!!」

「か、可愛い……」

「タイプだ……」

扉から姿を現したのは腰に日本刀を差した袴《はかま》姿の黒髪の和服美人だった。「ハンゾウ」という響きからてっきり男性だと思い込んでいたが、カゲマルと同年齢くらいの女性だったことに驚く。

ハンゾウは特設試合場に移動すると、レイトに向けて行儀よく頭を下げた。

「よろしくお願いしますでござる」

「あ、どうも……えっ？」

『それでは……試合開始ぃいいいっ!!』

レイトがハンゾウの語尾に呆気に取られていると、試合が始まった。

「では……参るでござる」

「あ、やっぱりござると言ってる」

ハンゾウは腰に差した長刀の柄に手を伸ばし、レイトは両手の大剣と長剣を構える。日本刀の使い手と戦闘を行うのは不意打ち気味に戦ったシュンを除けば初めてである。どのような戦技を使うのか興味はあったが、わざわざ確かめる必要はない。

レイトは「重撃剣」のスキルを発動し、最初から突っ込む。

「『疾風撃』!!」

「なんとっ!?」

自分より先に動いたレイトにハンゾウは驚きの声を上げた。

大剣を片手で軽々と振り下ろすレイトの姿に彼女は目つきを変え、後方に飛ぶ。

直後にレイトの大剣が地面に叩き込まれ、石畳製の試合場にひび割れが生じた。

「なんという膂力……!?」

「まだまだっ!!『刺突』!!」

今度は反鏡剣を握りしめ、距離を取ったハンゾウを突き刺そうとする。しかし、彼女は鞘ごと日本刀を引き抜き、彼の繰り出した刃を受け止めた。

「『受け流し』っ!!」

「おっと……『旋風』!!」

「なんのっ!!」

反鏡剣の刃を弾《はじ》かれたが、レイトは即座に大剣を横薙ぎに振り払う。しかし、ハンゾウも動きにくそうな姿とは裏腹に身軽に跳躍して彼の大剣を回避した。相手が速度に特化した暗殺者系統の職業であることを思い出したレイトは、自分も「縮地」を発動して一瞬で移動する。

「『縮地』!!」

「むっ⁉」

『ああっと!! またもやルナ選手、謎の移動術で一瞬でハンゾウ選手の背後に移動した!!』

「縮地」は先日の試合でも利用しているため、わざわざ出し惜しみする必要はない。ハンゾウの着地点と思われる場所に移動したレイトは武器を構えると、相手は空中で両足を突き出し、足の裏から衝撃波を出して方向転換を行う。

「『飛脚』!!」

「うおっ……カゲさんの技も使えるのか!!」

空中で移動するハンゾウにレイトは舌打ちし、反鏡剣を鞘に収めて掌を向け、魔法を放つ。

「出し惜しみしている場合じゃないな。久しぶりに……『氷刃弾《アイスエッジ》』!!」

「甘い!!」

「氷塊」の魔法で作り出した氷の刃を放つが、ハンゾウは空中で「飛脚」を連続使用して回避し、逆にレイトに向けて接近する。そして日本刀を握りしめ、レイトの胴体に向けて刀身を引き抜く。

「『居合《いあい》』!!」

「っ……!?」

鞘から刀を引き抜いて攻撃を行う「抜刀」の戦技の発展形と思われる戦技を発動し、ハンゾウはレイトの胴体に斬りつける。だが、彼女の刃はレイトに届くことはなく、大剣に弾《はじ》かれた。

「くぅっ!!」

「なぬっ!? 拙者《せっしゃ》の村正丸《むらまさまる》を……!?」

「ぬぅんっ!!」

咄嗟に防御には成功したものの、細見の腕から繰り出されたとは思えない鋭く重い斬撃にレイトはあとずさりする。だがすぐに大剣で攻撃すると、ハンゾウは「飛脚」を使用して回避し、着地すると再び鞘に剣を収める。

「なるほど、確かに話に聞いていた通りの腕前……しかし、次は確実に斬るでござる」

「そのござるの語尾はわざとだろ」

「拙者にも事情があるでござる!!」

『こ、これはすごい戦いです!! 当初の予想ではルナ選手の圧勝が期待されていましたが、ハンゾウ選手はあの剣聖にも負けない腕前の持ち主のようです!!』

「何してんだルナ!!」

「やっちまえハンゾウ!!」

観客が盛り上がりを見せる。レイトは反鏡剣を抜いて二刀流に戻ると、どのような手段でハンゾウを倒すかを考えた。彼女の「飛脚」という技は高速移動だけでなく空中に飛ぶことも可能であり、縮地ほどの移動速度はないが厄介な能力である。冷静に考えるとレイトは自分が接近戦に特化した戦技しか覚えていないことに気付き、頼みの魔法も命中させなければ意味がない。

「こんなことならダインに影魔法でも学んでおけばよかったな……いや、駄目だ。失敗する未来しか見えない」

もしもダインがこの場にいたら間違いなく「どういう意味だよ!?」という言葉を発していただろうが、レイトは支援魔術師なので影魔法は覚えられないという意味である。

「なんの話でござる?」

ハンゾウはレイトの呟きに首を傾げた。レイト本人は小声で呟いたつもりだが聴覚も鋭いらしい。レイトはハンゾウを仕留めるには速度に特化した「疾風撃」しかないと判断し、両手の剣を構えたまま自分も「跳躍」をする。

「はあっ!!」

「むっ!?　なかなかの速さでござるなっ!!」

森の中で鍛え上げたレイトの「跳躍」を見てハンゾウは自分も後方に跳び上がり、二人は試合場を駆け回る。お互いの足音が激しく響き渡り、観客たちの中には忙《せわ》しなく動き回る二人を追いかけて目を回す者も出現した。

『こ、これはどうなっているのでしょうか⁉　目にも留まらぬ速度で両選手が動き回っています‼　というか、さっさと戦えお前らっ‼』

「うるさいっ‼」

「真剣勝負の邪魔をするな‼　……でござる」

『ひぃっ‼　す、すいません……』

実況の言葉に怒鳴り返しながらレイトとハンゾウは交差する刹那《せつな》のタイミングで刃を交わし、金属音が闘技場内に響き渡る。

「『飛脚』‼」

「『縮地』‼」

『さ、さらに速度を上げた⁉』

「どうなってんだよ‼　何も見えねえぞっ⁉」

レイトとハンゾウは同時に能力を発動し、試合場を動き回る。普通の観客では見えない速度で動いており、時折金属音が鳴り響いたときにだけ鍔迫り合いの状態で姿を現した。

「『月光斬《げっこうざん》』‼」

「おっと」

ハンゾウが下から鞘を引き抜く形で刃を放ち、レイトは紙一重で回避すると反鏡剣と退魔刀を振り下ろす。

「『疾風撃』!!」

「なんのっ……『回転』!!」

振り下ろされた刃を寸前で右に回避したハンゾウは刀を鞘に戻し、今度は回転するように刃を引き抜きながら斬りかかる。暗殺者系の職業と言っても通常の剣の戦技も扱えるらしい。

ハンゾウの攻撃をレイトは大剣で弾《はじ》き返し、彼女に向けて前蹴りを繰り出す。

ハンゾウはその蹴りを掌で受け止めると、反動を利用してレイトの頭上を飛び越える。その際、また刀を鞘に戻した。

(いちいち鞘に戻さないと使えないのか?)

彼女の剣技にレイトは疑問を覚えつつ、一旦距離を取る。

彼女も息を整え、お互いに向き合いながら隙を窺う。

「さすがにやるでござるな……だが、拙者の秘剣を受けてみるでござる!!」

「秘剣?」

「……『明鏡止水《めいきょうしすい》』」

ハンゾウは瞼を閉じ、鞘から刀を引き抜いた。レイトは彼女の雰囲気が変化したことに気付いて両手の剣を構える。初めて攻撃時以外に剣を引き抜いた彼女に対して警戒心を高めるが、ハンゾウが動く様子はない。

「ふぅうっ……」

「……なんだ？」

集中力を研ぎ澄ませているかのように彼女は一息つくと、やがて目を開く。その瞳を確認した瞬間、レイトは異様な気配を感じ取り、大剣を盾のように構えた。

その直後、ハンゾウは前に飛び出して一瞬にして剣の間合いに入り込み、刀を突き刺す。

「――『刺突』」

「ぐあっ⁉」

ハンゾウの突き出した刃がレイトの左肩に衝突した。

レイトは両手の武器を手放し、後方に吹き飛んだ。一方のハンゾウは荒く息をついている。その光景に観客が歓声と悲鳴を上げる。

「食らったぞ⁉」

「死んじまったのか⁉」

「おい、生きてんのか⁉」

『な、何が起きたのでしょうか⁉　一瞬にしてハンゾウ選手がルナ選手に接近したと思った瞬間、今まで無傷で勝利してきたルナ選手が吹き飛ばされています‼』

「はあっ……くぅっ、て、手強かったでござる」

ハンゾウは自分が吹き飛ばしたレイトに視線を向け、全身から汗を流しながら鞘に刀を戻す。

レイトは左肩を押さえ、予想以上の深手に顔をしかめた。

「くうっ……」

「降参してほしいでござる。もうその肩では戦えないし、回復させる隙を与えないでござるよ」

ハンゾウは刀の柄に手を伸ばした状態で、武器を失ったレイトに対して警戒心を緩めずに近付く。

だが、そんな彼女に対してレイトは笑みを浮かべ、自分の腰に巻き付けた神器を放つ。

「絡み付け!!」

「何っ!?」

『ええっ!?』

レイトは腰に装着していた「チェーン」を放ち、先ほどの一撃で疲労しているハンゾウの身体に巻き付かせた。完全に鎖をレイトの服の装飾だと思い込んでいたハンゾウは対応が遅れてしまい、慌てて鎖を斬ろうとするが、勇者が作り出した神器は並大抵の金属ではない。

「な、なんでござるかこの鎖は……!?」

「奥の手だよ……『付与強化』!!」

チェーンを握りしめた状態でレイトは掌越しに「付与強化」を発動し、鎖全体に雷属性の魔力を送り込む。鎖に巻き付かれていたハンゾウの身体にも電撃が送り込まれ、彼女の悲鳴が響き渡る。

「あばばばばっ!?」

「こっちに来い!!」

電流で痺れたハンゾウを力尽くで引き寄せ、痺れて身体が動けない相手にレイトは右腕を握りしめ、最後の一撃を放つ。

「『衝風』!!」

「あぐぅっ!?」

『うおおおおおおっ!!』

彼の突き出した右手から衝撃波のような風圧が放たれ、腹部を撃ち抜かれたハンゾウは気絶したのか動かなくなった。その光景に観客は歓声を上げ、逆転勝利を迎えたレイトは左腕を押さえながら安堵の息を吐く。

傷の手当に魔力を消費するため、レイトは試合に出る前にダインから頂いた回復薬をありがたく使わせてもらった。これまでの試合で今回が最も追い詰められたのは間違いなかった。

「ふうっ……疲れたな」

レイトがハンゾウを抱えたまま特設試合場を降りると、彼女は呻き声を上げた。

「ううっ……ぽ、ぽんぽんが痛いでござる」

「うわ、びっくりした!! まだ意識が残っていたのか」

ダメージの残るハンゾウは顔色が悪い。レイトは自分の治療も兼ねて「回復超強化」を発動した。

「ほら、『回復超強化』」

「おおっ……か、かたじけないでござる」

『おっと？　どうやらハンゾウ選手の意識が戻ったようです。あれ？　る、ルナ選手は回復魔法も使っています⁉』

「な、なんだと⁉」

「剣士の癖に回復魔法も扱えるのか⁉」

「ほ、欲しい……是非、うちの冒険者集団に加えたい‼」

回復魔法を扱える人間は貴重なので、どこの冒険者集団も喉から手が出るほどに欲しい人材である。計らずともレイトは大きな注目を浴びてしまった。しかし、商会の代表選手として登場している「ルナ」はあくまでも仮の姿なので、彼らの望みは叶わない。

「さてと、俺も肩を回復して……ん？」

「どうかしたでござるか？」

「いや、あっちの観客席が騒がしいというか……なんだ⁉」

肩の治療を始めたレイトは観客席が騒がしいことに気付く。そして、自分の回復魔法を見て騒いでいる観客を掻き分けて近付いている人影を発見した。その人物は仮面を付けてフードで全身を覆《おお》い隠しており、七、八メートル近くの高さがある観客席から試合場に飛び降りた。

「きゃあああっ⁉」

「お、落ちたぞっ⁉」

「いや、浮いてる⁉」

観客が悲鳴を上げるが、仮面の人物は着地の際に身体が一瞬だけ浮き上がり、試合場に強風が吹き荒れる。その光景にレイトはアリアが「精霊魔法」を使用したときのことを思い出し、相手が森人族《エルフ》であると見抜く。

『おい!!　お前、俺と勝負しろ!!』

「はあっ？」

「乱入でござるか!?」

仮面の剣士はどこかで聞き覚えのある声でレイトを指差し、勝負を申し込んだ。ハンゾウが驚いた声を上げるが、レイトとしては試合を終えたばかりにいきなり勝負を申し込んできた相手に戸惑い、どのように対応すればいいのか迷ってしまう。

するると、相手は実況席にいるラビィを怒鳴りつける。

『試合開始の合図をしろ!!　この闘技場は乱入を許可しているんだろ？』

『ええっ!?　いや、試合の乱入の場合は両者の同意がないと……それに闘技会の支配人に許可を得ないと私の一存では……』

『大丈夫だ!!　支配人の許可は得ている!!』

実況とともに試合の合図を任されているラビィに対して仮面の剣士は木製の札を投げつけた。

彼女は慌てて受け止めると、木札を確認して驚愕する。

『た、確かにこれは支配人の……で、ですがルナ選手の承諾がなければ……』

『問題ないよな？　ここで逃げるようならとんだ腰抜けだぜ!!』

「むっ……」

いきなり現れて安い挑発を行う仮面の剣士にレイトは眉を顰め、どうして目の前の男が乱入の許可証らしきものを手に入れたのか疑問を抱くが、今はそれより、ここで自分が逃げればドルトン商会の名を傷付けることになると判断する。

「分かった。かかってこい」

『へっ……前の借りは返すぜ』

「借り？」

『ちっ、覚えてすらいねえのかよ』

レイトの不思議そうな表情に仮面の剣士はいらだちながらも試合場を指差し、登ってくるように催促を行う。レイトはその場にハンゾウを置いて先に試合場に乗り込み、相手を待ち構える。

仮面の剣士は急に駆けだし、勢いよく跳躍して腰に差していた長剣を引き抜く。

『うおらぁっ!!』

「不意打ちっ!?」

「くっ!!」

仮面の剣士の行動にハンゾウが驚くが、レイトは退魔刀を引き抜いて受け止める。だが、刃同士が衝突した瞬間にレイトは違和を感じた。剣士の持っている長剣の刃に、風の魔力が渦巻いていたのだ。

『見せてやるよ……俺の嵐剣《らんけん》を!!』

「うわっ!?」

剣士が剣を振り払った瞬間、衝撃波のように誕生した突風がレイトを場外まで吹き飛ばした。

『ちょ、まだ試合開始の合図は……ああ、もう!! 試合開始ぃっ!!』

ラビィは驚きながらも試合開始の合図を行う。ハンゾウは巻き込まれないように特設試合場から離れるが、自分も観戦するつもりなのか少し離れただけでその場に留まる。

『行くぞ!!』

「このっ……『重撃剣』!!」

追撃を仕掛けるように場外に降り立った剣士に対し、レイトも負けずに紅色の魔力を迸らせ、相手の刃を正面から受け止める。風圧をまとう長剣を重力をまとわせた大剣と長剣で弾《はじ》き返し、場外で激しい斬り合いが行われた。

『ふんっ!!』

「くうっ……うざいっ!!」

『ちょ、場外で戦わないでください!! カウントが面倒なことになるでしょうが!!』

刃を合わせる度に衝撃波のような風圧が放たれ、レイトは体勢を崩さないように踏み止まらなければならない。

隙を突かれてレイトは片膝を蹴りつけられ、体勢を崩した。

相手の剣士は長剣を振り下ろそうとするが、咄嗟にレイトは反鏡剣で防ぐ。反鏡剣の鏡を想像させる刃が剣士の刃と触れた瞬間、鏡に撥ね返されたように強風が仮面の剣士を吹き飛ばした。

『うおおっ⁉』

「あ、そうか……この剣、魔法を撥ね返すんだった」

自分の装備にもかかわらず剣の特性を忘れていたレイトは、勝機を見つけて吹き飛んだ相手に視線を向ける。剣士は地面に墜落する寸前に自分の身体に風をまとわせ、体勢を整えて着地を行う。

『くっ……な、何をしやがった？』

「何って……」

『そうか‼　お前も魔法剣を使えたんだな‼　くそっ‼』

「魔法剣？」

レイトは反鏡剣の正体が相手に知られていないことに気付き、魔法を撥ね返された剣士は自分の長剣の刃に掌を構え、風属性の精霊魔法で再び竜巻をまとわせる。その光景にレイトは両手の剣を構え、反鏡剣ならば相手の魔法を無効化できると信じて前に動く。

「はああっ‼」

『うおおっ‼』

片手で反鏡剣を振るうレイト。剣士は警戒したように後ろに一歩だけ下がって刃を回避し、その直後にレイトに向けて長剣を振り下ろしたが、レイトは退魔刀を握りしめた右手に戦技を発動させる。

「『疾風撃』‼」

『うおっ⁉』

相手が刃に竜巻をまとわせようが、構わずにレイトは退魔刀を振り抜いた。

恐ろしい速度で放たれた剣圧が風を斬り裂くように剣士の刃に衝突して相手を吹き飛ばす。その光景にハンゾウが感心した声を上げ、剣士は舌打ちをした。

「おおっ‼」

『ちぃっ……馬鹿力めっ‼』

「力とはちょっと違うんだけどな……」

魔法耐性が高いアダマンタイトの退魔刀も、勢いを付けて攻撃を仕掛ければ相手の魔法剣と対抗できることが判明し、レイトは退魔剣と反鏡剣を重ね合わせて剣士に接近する。

「『疾風撃』‼」

『ぐあっ⁉』

レイトは両手の剣で同時に戦技を発動して剣を振り抜いた。剣士は受け止めようとしたが耐え切れずに吹き飛ぶ。レイトの剣を受ける度に予想以上に衝撃が剣士にも伝わっており、彼の腕が震え始めた。

自分が魔法剣を使用しても対抗してくる「敵」と出会えたことに仮面の剣士は歓喜し、それでも諦めずに彼は剣の刃にまとわせた竜巻を強化させ、前方に向けて振り下ろす。

『へへ、やるな……だが、これはどうだ⁉ 「撃嵐《げきらん》」‼』

「竜巻⁉」

「まずいでござる⁉」

振り下ろした刃から強烈な竜巻が放たれ、レイトに接近する。

直撃すれば命はないと判断して、レイトは「縮地」を発動してできる限り距離を取る。

「『縮地』……うわぁっ⁉」

『逃がすかっ‼』

剣士は竜巻の攻撃範囲を拡大させ、レイトが移動した場所にまで竜巻を向かわせる。今度は避けきれないと判断したレイトは退魔刀を地面に突き刺し、しっかりと柄を握りしめながら反鏡剣を突き出す。

「ぐああっ⁉」

「ルナ殿‼」

『うおおおおっ‼』

『ひぃいっ⁉』

竜巻を食らったレイトにハンゾウが驚きの声を上げ、仮面の剣士は咆哮を上げながら刃から竜巻を放出し続ける。そしてラビィの悲鳴が闘技場に響き渡った。

やがて刃から放たれる竜巻が収まると、地面には退魔刀だけが突き刺さっていた。

「ルナ殿は……⁉」

『……上かっ‼』

「くぅっ……‼」

レイトの姿が消えていることにハンゾウは慌てて周囲を見渡すが、即座に仮面の剣士は上空を見上げ、空に浮かんでいるレイトを発見する。彼の反鏡剣が剣士の放った竜巻を撥ね返したが、それでも完全には守りきれずに上空に飛ばされたのだ。

『そこからだと逃げきれないだろ⁉』

「ま、待つでござる‼　本当に殺す気でござるか⁉」

『黙ってろっ‼』

長剣の刃に再度「竜巻」をまとわせた剣士を見てハンゾウが止めようとするが、興奮して冷静さを失っているのか相手は構わずに剣を突き出し、空中のレイトに三日月状の風の刃を放つ。

空中でまともに動けないレイトはなんとか退魔刀を失った左の掌を差し出して魔法を使った。

「『風圧』‼」

『何っ⁉』

レイトは風を生み出して空中を浮かぶ自分の肉体を別の場所に移動させた。寸前で剣士の放った風の斬撃を回避した。

空中を降下するレイトに剣士は何度も剣を振り、風の刃を放つ。

自分に迫りくる斬撃を防ぐため、レイトは掌を差し出し、久々に「氷盾《アイスシールド》」を生み出す。

「『氷盾《アイスシールド》』‼」

『そんなもんで防げるのか⁉』

「氷塊」の魔法の応用で空中に氷の盾を生み出したレイトに対し、剣士は執拗《しつよう》に刃を振り抜いて三日月状の風の刃を放ち続ける。精霊魔法は普通の魔法よりも上位互換に当たる魔法であり、通常の魔法で防ぐのは難しい。風の刃を受ける度にレイトの氷盾《アイスシールド》に衝撃が走る。

「くそっ……『付与強化』‼」

『おおっ⁉　これはどういうことでしょうか‼　レイト選手が生み出した氷の盾が変色しました‼』

『しゃらくせえっ‼』

「付与強化」の魔法で「氷盾《アイスシールド》」に水属性の魔力を送り込むと、ひび割れた盾が修復し、氷の色がより青色に染まる。剣士は気にせずに攻撃を繰り出すが、強化された盾は今度は風の刃を撥ね返す。

「これは……なるほど、そういうことか」

『くそ、なんで壊れねえっ⁉』

「付与強化」で魔力を送り続けることで氷の盾が修復され、それどころか強化されていることに気付く。「付与強化」の特性は「各属性の魔力を操れる」「魔力を送り続けることで魔法を強化する」ことであり、「魔力強化」のときと違って送り込める魔力に際限はないのだ。つまり、魔力が続く限りはいつまでも強化を行える。

ダインが渡してくれた魔力回復薬を再び取り出したレイトは残りの薬液を一気に口に含み、魔力を回復させると「氷盾《アイスシールド》」を空中に固定させる。「氷塊」の魔法で生み出した氷はレイトの意志で操作することが可能である。

「行くぞっ!!」

彼は「氷盾《アイスシールド》」を足場に、反鏡剣を握りしめ「重撃剣」を発動して紅色の魔力を手元から放つ。

『来いやぁっ!!』

「氷盾《アイスシールド》」を一気に下降させてレイトは地上にいる剣士に接近した。相手も生半可な攻撃では通用しないと判断したのか先ほどのように刃に「竜巻」をまとわせ、剣を振り翳す。

「『撃嵐』!!」

先に剣を振り抜いたのは仮面の剣士であり、刃をまとう竜巻を解き放つ。その一方で空中から接近したレイトは反鏡剣を握りしめ、「氷塊」を空中に固定させ、昨日のダイゴとの試合を思い出しながら、バルから教わった「撃剣」と自分が生み出した「疾風撃」の戦技を組み合わせて放った。

「うおおおおおおっ!!」

レイトの両目が赤色に光り輝き、彼の身体に真紅の魔力がまとう。そして反鏡剣の刃が勢いよく振り下ろされ、あまりの凄まじい剣圧は衝撃波と化して地上から放たれる竜巻を振り払い、地上にいる剣士を吹き飛ばす。

「ぐあああああっ!?」

上空からの衝撃波に仮面の剣士は試合場の外壁まで吹き飛ばされ、壁に身体を強打して倒れ込む。その際に仮面が外れた。薄々と気付いてはいたが、レイトはその顔を見た瞬間に名前を呟く。

「剣聖……シュン?」

『そ、そこまでっ!! 勝者、ルナ選手です!!』

『…………』

あまりの凄まじい光景に観客達は何も言葉にできず、レイト自身も自分が何をしたのか理解できないでいた。だが、自分が勝利したことだけは分かり、安堵の息をついてゆっくりと地面に着地する。

「くうっ……きつい」

「お、お見事……でござる」

「その語尾、無理して付けなくていいんじゃないの?」

ハンゾウが呆然としながらも拍手を行う。しかし、今の彼は称賛の言葉よりも休息が欲しかった。

レイトは地面に突き刺さった退魔刀を引き抜いた。

その際、レイトの身体がぐらりと揺れる。

それをハンゾウが受け止めた。そしてそのまま、レイトに肩を貸す。

「ううっ……すまないねえ、今日会ったばかりなのに……あんた、いい子だね。うちの孫と結婚しないかい？」

「気にしないでほしいでござる、おばあちゃん……いや、何を言わせるのでござるか。戦いが終われば宿敵は友になれると拙者の村では伝わっているでござる」

「それはどうだろう……」

ハンゾウが彼を控室まで送り届けようとしてくれる。仮面を被って変装していたシュンも、係の者によって医務室に運び込まれている。

「それにしても見事な勝利でござったな!!　まさかあれほどの魔法剣を打ち破るとは……ルナ殿は人間なのに精霊魔法でも扱えるのでござるか？」

「森人族《エルフ》の血も流れてるけど、精霊魔法はまだ無理かな……ハンゾウさんの最後の剣技もすごかったよ。ほらあの、三番隊隊長が使うみたいなやつ……」

「よく分からないでござるか、拙者は『明鏡止水』を会得しているでござるからな。相当な集中力と精神を消耗するでござるが、あれくらいの剣技なら拙者の家族ならば全員扱えるでござる」

「マジですか？　とんでもない家庭だな……」

ハンゾウの言葉にレイトは和国の剣士の恐ろしさを思い知り、そういえば彼女と同じ国の出身のカゲマルも相当な手練《てだ》れということを思い出す。

「その『明鏡止水』というのは戦技？　それとも技能スキル？」

「正確には技能スキルの『集中力』を発展させた固有スキルでござる!!　拙者は覚えるのに五年を費やしたでござるが、普通の剣士は十年かけなければ覚えられないと言われている希少な能力でござるよ!!」

「そうなのか……あ、いや、そうなんでござるかっ」

「いや、別に拙者に合わせてござるを付けなくても……」

彼女の説明を受けたレイトは自分も「明鏡止水」と呼ばれる能力を覚えられるのか考えたが、話を聞く限りでは難しそうであり、習得を諦める。覚えられないことはないのかもしれないが、少なくとも闘技祭の期間中に覚えることは不可能だろう。アイリスが何も言わないところ、彼女もレイトが習得できないと判断しているのかもしれない。

「ハンゾウ……いや、ハンちゃんと呼んでいい？」

「なぜ!?　いや、別にいいでござるが……いきなりふれんどりぃになったでござるな」

「どこで知ったその言葉……ハンちゃんはカゲさん――シノビさんと知り合い？」

「おおっ!!　知り合いも何も、拙者はシノビ殿の……」

「待てっ」

レイトはハンゾウの話を制止し、前方に視線を向ける。彼の技能スキルの「気配感知」と「魔力感知」が発動し、前方の通路から誰かが近付いてきていることが分かった。しかも巡回の兵士や試合の選手ではない。相手は明らかに殺気を放っていた。

「……なんでござるか？」

「ハンちゃんは下がってて……くうっ」

「無理は駄目でござるよ。ここは拙者が……」

曲がり角の通路から足音が響き渡り、ハンゾウが刀の柄に手を伸ばす。誰が接近しているのかは不明だが、レイトは壁に身体を預けて反鏡剣を引き抜き、自分も戦闘体勢を整えようとするが、力が上手く入らない。

「……何者でござるか!!　そこにいるのは分かっているでござる!!」

ハンゾウが曲がり角の通路に存在する人間に怒鳴りつけると、足音が鳴り響かなくなり、間違いなく曲がり角の前で止まった。もしも相手が暗殺者の職業ならば「無音歩行」の能力を発動して近付くこともできただろう。となると、暗殺者の職業とは考えにくい。

『奴は……しくじったか』

「お主……その仮面は!?」

姿を現したのは仮面を被った長身の男であり、獣人族《ビースト》特有の獣耳と尻尾を生やしていた。その腰にはツーハンデッドソードを装備している。

男は本来は両手で扱うほどの長剣を片手で引き抜き、ハンゾウの前に刃を向ける。

『そこをどけっ!!　お主に用はない!!』

「なんのつもりでござるかっ‼　ルナ殿が狙いでござるか？」

『答えるつもりはない……邪魔をするなら容赦せんぞっ‼』

「くそっ……」

武器を構えた獣人族《ビースト》の剣士にレイトはため息を吐き出した。疲労が蓄積した身体で戦闘するのは危険だが、このままではハンゾウが危ない。彼女の強さは知っているが、目の前の剣士は明らかに別格だ。この相手はシュンを上回る威圧を放っていた。

「下がっているでござる、ルナ殿‼　試合後に疲れ切った相手に襲いかかる卑怯者など、この拙者が斬り伏せるでござる‼」

『くっ……痛いところを』

卑怯者という言葉に獣人族《ビースト》の剣士が一瞬だけ動揺し、ハンゾウに構える剣の刀身が揺れ動く。それを見たハンゾウは剣を構えた。彼女も試合の疲労が残っているので一撃に懸ける。

「ふうっ……明鏡……」

『させぬわっ‼』

「くっ⁉」

剣士は意識を剣に集中させようとしたハンゾウに斬りかかり、咄嗟に彼女は鞘から刀を引き抜いて刀身を受け止める。

「くっ……『抜刀』‼」

『ふんっ!!』

鞘から刀を引き抜きながら斬りかかってきたハンゾウに対し、獣人《ビースト》族の剣士は後方に下がって回避する。ハンゾウは振り抜いた刀を握りしめ、相手の仮面に向けて突き刺す。

「『刺突』!!」

『ぬおっ!?』

予想以上のハンゾウの攻撃速度に剣士は上体を反らして刃を回避しようとしたが、完全には避けきれずに仮面の表面に切り傷が生まれる。しかし、刃を突き出した状態の相手に剣士は右足を振り上げ、腹部に叩きこむ。

『「蹴撃」!!』

「かはっ!?」

「ハンゾウ!!　くそっ……動けっ!!」

格闘家の戦技でハンゾウを蹴りつけた相手に、レイトはチェーンを放った。

銀色の輝きを放つ鎖が獣人《ビースト》族の剣士に絡みつこうとしたが、相手は後方に飛んで回避する。

『むっ……なんだこれはっ!?』

「『付与強化』!!」

生きた蛇のように鎖を動かしながらレイトは「付与強化」を発動し、鎖に「雷属性」の魔力を送り込む。一瞬でも触れれば相手を感電させることは可能だが、獣人《ビースト》族特有の運動能力を発揮して剣士は鎖を回避しながら曲がり角の通路から抜け出す。

『仕方ない……この次は逃さんぞっ!!』

「あ、待て……くそっ」

「げほっ……た、助かったでござる」

レイトが使用した神器を警戒したのか、獣人族《ビースト》の剣士は逃げられる場所が限られている通路では不利と判断してその場を走り去る。その光景にハンゾウは腹部を押さえながらも安堵の息を吐き、その一方でレイトは魔力をさらに消耗したことで膝を崩す。

「大丈夫でござるか？」

「平気とは言いにくいけど……なんとかね」

「肩を貸したいところでござるが、拙者も少し休まなければ……あの男、相当な手練れでござる」

ハンゾウは自分の腹部を押さえる。間違いなく肋骨にひびが入っていた。

彼女は地面に落ちていた自分の刀を回収し、足元をふらつかせながらもレイトの元に近寄る。

「さっきの人間……間違いなくルナ殿の命を狙っていたでござるな。心当たりはあるでござるか？」

「う～んっ……多すぎて、ちょっと分からないな」

「そんなに人から恨みを買われるようなことをっ!?」

バルトロス王国、旧帝国《エンパイア》、ハヅキ家、レイトの存在を快く思わず、命を狙う人間は多い。だが、少なくともシュン以外の剣士に恨まれる覚えはない。

「ハンちゃんはお腹大丈夫？」

「正直に言えばちょっと痛いでござるが、回復薬を飲めばなんとかなるでござる」

「私が魔法を使えれば治せるのに……」

まだ慣れていない「回復超強化」の補助魔法は魔力消耗量が大きく、疲れ切った状態で使用するのは危険すぎる。熟練度を上昇させれば性能が上がるのと同時に魔力の消耗量も減少するだろうが、さすがに短期間で熟練度を上昇させることはできない。

（こういうときに備えてもっと回復薬を用意しておかないとな……自分が回復魔法を使えるからってあんまり貯蓄してこなかったツケが来たか）

高値ではあるが回復薬を買い込んでおくべきだったとレイトは後悔し、今度からはちゃんと用意しておくことを心に誓う。

そしてハンゾウに肩を貸してもらい、控室に到着すると、レイトを待っていてくれた他の仲間達が驚いて彼らを迎え入れた――

5

――数時間後、氷雨のギルドに闘技会の人間が訪れ、負傷した「シュン」を引き渡した。彼は犯罪者のように手錠をされた状態でギルドに運び込まれた。

ギルド長室ではマリアに変装したカゲマルが闘技会の支配人である冒険都市の魔物商を統括するカーネと向かい合い、今回のシュンの行動を注意されていた。

「今回の一件、さすがに氷雨の冒険者といえど見逃せませんぞ」

「そう……ね」

「我々が正式に許可した選手を叩き伏せ、そちらの冒険者が立場を偽《いつわ》って試合に出場したことの重大さを分かっているのですか!!」

試合の乱入を行ったシュンの問題行動にカーネは憤る。

本来用意されていた試合の「乱入者」は別の人間だったのだが、シュンがその人間を倒して自分が成り代わったのである。

本来、レイトの試合で乱入する予定の選手は「エイリ」という魔術師であり、彼女はドルトン商会が雇い入れた遠方から訪れた冒険者である。彼女をどうして商会が雇い入れ、自分の選手の剣士と対戦させようとしたのかは闘技会側としても不明だが、そんなことは些細な問題である。

最近噂になっている選手の元に乱入者が現れ、連戦するという筋書は盛り上がる。実際、観客は喜んでおり、二試合も勝利したことでますます「ルナ」というドルトン商会に所属する剣士の名前を知らしめることに成功した。しかし、今回の対戦相手が闘技会側が許可した選手ではなく、すでに闘技祭本戦への出場が確定している剣聖のシュンであったことには、闘技会側も非常に迷惑をかけられた。

「どうして剣聖があのルナという選手に挑んだのかは知りませんが、勝負を挑みたいというのならばなぜ我々に相談しなかったのです⁉　噂になっている最強の剣士に剣聖が立ちはだかる……それだけで本来ならどれほどの上客を呼び寄せることができたと思うのです‼」

「そ、そう……それは申し訳な――」

「我々が言いたいのは、次からはちゃんと教えてくださいということです‼　剣聖の試合を見たいという貴族や豪族はいくらでもいるのですからな‼」

「……そうね」

マリアに変装したカゲマルは内心ため息を吐き出した。

カーネが怒っているのは「剣聖」の称号を持つ人間が安易に試合を行ったことである。この小心者の男には、表立って冒険都市を実質的に管理しているマリアに逆らうような度胸はない。長々と言葉を並べているが、カーネは文句を言いつけるだけで肝心の今回の問題の責任について話そうとしない。あくまでもマリアの方から話を振るのを待ち続けていた。

本物のマリアがいない以上、彼女の腹心であり、しかもマリアに化けているカゲマルが判断を下さなければならない。マリアはこのような状況も想定してカゲマルに影武者を頼んでおり、彼は仕方なく話を振る。ちなみに正体を気付かれないのは彼が「変声」と呼ばれる能力を身に付けているからであり、現在の彼はほとんど完全にマリアの声音で話している。

「それであなたはこの私にどうさせたいのかしら？　この……私に」

「い、いや……ははは っ!!　別にそれほど難しいことではありませんよ」

威圧感を込めてカゲマルが話しかけると、カーネは慌てた様子で言いつくろい、落ち着いたようにソファに座り込みながら本題に入る。

「闘技会としても氷雨やドルトン商会の方と事を荒立てたくはありません。ですがさすがに今回の問題は見逃すことはできない……ということで、ルナ選手に匹敵《ひってき》する選手を用意してほしいのです」

「匹敵、というと？」

「さすがに剣聖と戦闘して勝利したという噂が流れては、ルナ選手の次の試合の選手が弱すぎると客を引けないのですよ。賭博のほうも誰もがルナ選手の勝利に賭けてしまっては商売になりません。ですがうちとしてもドルトン商会の選手に八百長を申し込むわけにはいかない……つまり、そちら側でルナ選手の相手に相応しい人間を用意してほしいのです」

カーネの瞳が妖《あや》しく光った。

カゲマルは慎重に言葉を選ぶ。

「それは……少し困るわね。すでにうちの剣聖は全員が闘技祭への出場を確定させているわ」

「ですがシュン殿は……」

「分かっているわ。あの馬鹿……いいえ、私の冒険者が迷惑をかけた以上、代わりとなる人間を用意するのは当然のことね。だけど剣聖は駄目よ、下手をしたら死人が出るわ」

「マリア様らしくないお言葉ですな」

カゲマルの発言にカーネは明らかに眉を顰めた。ルナという選手の知名度は日々高まっており、並大抵の相手では勝負にならないことは間違いない。だからこそ剣聖という都市に戻ってきた高名な冒険者に相手をさせたいと考えているのだが、マリアが承諾しなければ話が進まない。

「氷雨には剣聖にも匹敵する冒険者はいくらでもいるわ。その人間から選ぶのはどうかしら？」

「実力の問題ではないのですよ。我々としては知名度が高い人間をできれば用意してほしいのです」

「私の側近のシノビ・カゲマルは？」

「シノビ……失礼ですが、誰ですかそれは？」

「……なんでもないわ」

真顔で問い返してきたカーネに、カゲマルは自分の知名度がそこまで広くはないことを知り、内心少し傷付きながらも問題の打開策を考える。

剣聖をこれ以上に戦わせるのはまずく、だからと言って半端な相手ではルナの敵としては認められない。そのとき、彼は先日氷雨に討伐を依頼をされた魔物の存在を思い出し、ある考えを思い付く。

「そうね、なら趣向を変えてはどうかしら？　次の対戦相手は人間以外にするのはどう？」

「人間以外？　どういう意味ですかな……？」

「魔人族《デーモン》よ」

「デ、魔人族《デーモン》!?」

魔人族《デーモン》という単語が出てきたことにカーネは明らかに動揺を隠せなかった。それほどまでに魔人《デーモン》族という存在は恐れられている。実際に魔人族《デーモン》の多くは強力な能力を誇り、サイクロプスやミノタウロスはレベル４に指定されている危険種である。知名度という点ではルナの相手には申し分なく、あとはどのような相手を用意するかである。

「た、確かに我が闘技場では選手を魔物と戦わせることはありますが、魔人族《デーモン》はさすがに……」

「大丈夫よ。すでに魔人族《デーモン》は捕獲しているわ。あとはあなたがその魔人族《デーモン》を見定めるだけよ」

「……わ、分かりました。では、拝見させてもらいましょう」

多少の危険を請け負ってでも、大金を掴むためならば自らを危険に晒すことも厭《いと》わない。それがカーネの商売の方針である。彼は氷雨の冒険者が捕獲した「魔人族《デーモン》」を確かめさせてもらう。

――この翌日、ドルトン商会に次のルナの対戦相手が用意されたという報告が届けられた。

◆　◆　◆

――四戦目の試合を終えたレイトは八日後、ドルトン商会から呼び出される。これまでと違い、次の試合の相手が決まるのに随分と時間がかかったことを不思議に思いながらも、レイトは今回はヒトミンを連れて訪れる。

商会の建物で待ち構えていたのは深刻な表情を浮かべたフェリスと、普段は無表情なのに珍しく顔をしかめているアリスだった。彼女達の表情から相当に厄介な相手が選ばれたことに気付く。

「……よう来てくれたなレイトさん」

「どうも……あ、この子を頼めますか？」

『ぷるるんっ？』

「……スライム？　分かりました」

真面目な話になりそうなので、レイトはヒトミンをアリスに渡し、彼女は不思議そうな表情を浮かべながらも預かる。

レイトはひとまず机を挟んでフェリスと向かい合い、彼女の話を聞く。

「次の対戦相手が決まったんですね？」

「まあ、そういうことやな。その前に一つだけ言わせてほしいけど、次の試合で一応は一人試合は最後の対戦相手になる。これに勝利すればレイトさんも闘技祭本戦への参加が確定するで」

「闘技祭……」

ついに闘技祭に参加する前の最後の試合と言い渡され、レイトは表情を引き締める。最後はどのような相手が待ち受けているのかとフェリスに尋ねようとすると、彼女は頭を掻きながら一枚の写真を差し出す。

「これが次の対戦相手の資料や」

「資料？」

「今回の試合は特別でな、準備にかなり時間がかかったんや」

レイトは渡された資料と写真に視線を向け、今さらながらにこの世界には写真を製造する技術があったことを思い出す。子供の頃に使用人から聞いた話では、この世界には写真を作り出せる特別な魔道具が存在するらしく、数はそれほど多くはないので所有している人物も限られているのだとか。

「この写真……なんですかこれ？」

「それがレイトさんの……いや、黒銀の剣士の対戦相手に相応しいと判断された相手や」

用意された写真にレイトは首を傾げる。

写し出されているのは「スケルトン」だった。死霊使《ネクロマンサー》いが主に下僕として利用するために作り出す死霊人形《しりょうにんぎょう》の一種である。写真に写し出されていたのは黒いローブをまとい、胸元の部分に赤色の宝石のような魔石を身に付けた骸骨だった。

「これは……スケルトンですか？　あれ、でもスケルトンは魔人族《デーモン》じゃ……」

「そう、そいつは普通のスケルトンやない。リッチと呼ばれる最強のスケルトンや」

「リッチ？」

初めて聞く名前の魔物にレイトは疑問を抱く。どのような存在なのかアイリスと交信して聞こうとしたが、その前に先にフェリスが説明を行う。

「リッチは正確には異名で、本来の名前は死人人形と呼ばれとる。この死人人形というのは死霊使い《ネクロマンサー》が生み出す死霊人形とは違い、死が間近に迫っている死霊使いが自分自身の命を利用して作り出す最強の死霊や」

「最強の死霊……」

「少し前に現れた腐敗竜は覚えてとるか？　あの魔物は竜種の死体を利用して作り出された魔物やけど、噂によると途中でスケルトンのように変化したやろ？　あれも死人人形らしいで」

「具体的にどう違うんですか？」

レイトはスケルトンと戦闘したことはないのでどのような存在なのか分からないが、少なくとも魔物の中ではレベル1～2程度の相手だとダインから聞いている。普通のアンデッドよりも弱く、岩人形《ゴーレム》のように体内に存在する「核」を破壊するか、あるいは粉々に砕けば倒せる相手だと彼から聞いていたが、フェリスによるとリッチはより特別な存在らしい。

「まずリッチはスケルトンの癖に高い知性を誇る。生物のように感情まで存在するんや」

「え!?」

「リッチは元々は人間を生き返らせる『反魂《はんごん》』と呼ばれる伝説の蘇生魔法を参考に作り出された存在らしい。ただし、この反魂を扱えるのは異世界から召喚された勇者だけで、この世界の人間には扱えないと言われとる。それでも死を司る職業を自負している死霊使いどもはこの反魂の術を自分達の力で再現しようとしとるらしい……そして重要なのは半端な力で生き返らされた人間やな」

「その反魂という術の模倣で作り出されたのがリッチなんですか？」

「そうや。一応は生き返った死人人形には自我は存在する。ここが普通の死霊人形とは大きく違う点やな。人間の死体に利用した場合は生前の知識や記憶もあるらしいで」

「それだと本当に生き返るのと同じじゃないですか⁉」

フェリスの言葉にレイトは動揺を隠せない。そんな術があるのならば死んだ人間を蘇らせようとする人間が続出するのではないかと考えたが、フェリスは黙って首を振る。

「ただし、蘇ったあとの死人人形が生前のような人格を保てるのかは話は別や。大抵の人間は死人人形に変化した途端、正気を失って生者を激しく憎むようになる。実際に死霊使い《ネクロマンサー》を脅して恋人を生き返らせた人間が死人人形に殺される事例もある」

「えっ……」

「死人人形は他のアンデッドのように生者を憎み、その力を奪おうとする本能が目覚めるんや」

「リッチの恐ろしいところは人間の場合、冗談抜きで生前の知識と記憶を保有しとる。だから仮に過去の英雄を蘇らせた場合、その英雄の記憶と知識を持った存在が生き返る……はずやけど、リッチに生まれ変わったことで生者に対する憎悪を抱く。生前はどんなに聖人として崇められていた人物だろうと、リッチに生まれ変わったら最悪の殺人鬼になる」

「でもスケルトンなんですよね？　蘇ったとしても、生前の力を取り戻せるんですか？」

「そうやな……仮に剣士や格闘家の人間を蘇らせたとしても、実際にはそれほど驚異にはならん。しかし、それは別に骸骨の肉体だから弱いんとちゃう。リッチの強さは生前の人間の魔力によって大きく変化するんや」

「魔力？」

「たとえば英雄の剣士と魔術師を蘇らせた場合、強いリッチが生まれるのは魔術師のほうなんや。強い魔力を持つ人間を蘇らせれば驚異的な力を持つリッチが生まれると言われとる。一方で生前はそれほど強くない魔力の持ち主を蘇らせても脅威にはならん」

　フェリスの説明にレイトは腐敗竜の存在を思い出し、腐敗竜がスケルトンと化しても驚異的な力を発揮していたことを思い出す。だが、あの時は傍に死霊使い《ネクロマンサー》の「キラウ」が存在しており、彼女の力を受けて強化されているように感じられた。死霊人形や死人人形の強さは「魔力」が源であるのではないかと考え、レイトは対戦相手のリッチのことを問い質す。

「このリッチは相当にやばいんですか？」

「やばい、らしい。うちも実際に見た訳やないけど、あの氷雨の冒険者がこいつの捕獲のためにAランクの冒険者を十人も送り込み、しかも『剣聖』の一人が動いてやっと捕まえたわけや」

「氷雨が？」

「こいつは元々は氷雨が捕まえたリッチらしくてな、どうしてこんな化物を倒さずに生け捕り……

あ、死んでるんやった。まあ、骸捕《むくろ》りしたのかは知らんけど、なぜか闘技会がこいつを利用して最後の対戦相手に指定したんや。闘技祭の規定では最後の相手だけは闘技会に一任することになっとるからな……」

レイトは写真に視線を向ける。見た限りではどのような戦闘方法を扱うのかも分からず、不気味な骸骨にしか見えない。フェリスとしては今回の試合は乗り気ではないらしく、最初は彼女も対戦相手の変更を頼んだらしいが、結局は闘技会側は受け入れず、この日まで彼女は粘ったものの、ついに闘技会は大々的に「ルナ」と「死人人形」の対戦を街中に広めてしまったらしい。

「試合は明日の夜、二人試合の時間が終わり次第、行われる。今回は観客席を増設してまで観客を呼び寄せているから今さら断ることはできん……ほんまにすまん」

「それはしょうがないですよ。フェリスさんが悪いわけじゃないのに……」

「ただな……今回は本当に嫌な予感がするんや。商人の勘が次の試合はまずいと言うとる。でも、今さら断れんしなぁっ……」

「相手の特徴や情報は？　あ、この場合は戦い方という意味で……」

「それも教えられとらん。こんなこと、普通なら有り得んで？　なんでここまで隠すのか意味が分からんわ。マリアさんも何を考えてこんな相手を引き渡したんや……」

「そうですか」

フェリスは今回の相手に異様な警戒心を抱き、レイトの強さを目の当たりにしている彼女でさえも得体の知れぬリッチに恐怖していた。その一方でレイトは写真に視線を向け、渡された資料を見る。

「これは？」

「そっちはうちが秘密裏に集めたリッチの情報や。氷雨の冒険者に頼んで聞き込みを行ったんやけど、結局はリッチを捕獲した冒険者は誰も教えてくれんかった。闘技会側に先に根回しされたようやな……だけど、一人だけ気になる情報を教えてくれた奴がいてな。えっと、確かミナという名前の冒険者や」

「ミナ？」

まさかここで先日に自分とともに試合に出場した氷雨の冒険者のミナの名前が出たことにレイトは驚き、フェリスが渡した資料は彼女が教えてくれた情報らしい。

「そのリッチは最初は氷雨のギルドで預かっていた情報を掴んだけど、そのミナちゃんが昨日の朝に鍛錬を行っているとき、先輩の冒険者がローブで包んだ人物をギルドの建物の外に運んでいる様子を見かけたそうや。もしかしたらその人物が……」

「なるほど……」

資料に書き込まれているのはミナが目撃した人物の身長と体格だけであり、フードに覆《おお》い隠されてはいたが少なくとも巨人族《ジャイアント》や小髭族《ドワーフ》の身長ではないらしく、男性にしては小柄な体格から生前は女性の可能性もあるらしい。写真では正確な等身は分からないので、レイトはそれだけの情報を掴めただけでも少しは安心できた。

「この写真は持って帰っていいですか？」

「ええで、別に。あ、そうやった。例の魔術痕を刻み込める小髭族《ドワーフ》のことやけど……」

「あ、どうでした？」

レイトは先日の試合で魔法剣の存在を知り、自分の退魔刀も魔法剣を使用できないのか考えた。そこでフェリスの商会に所属する小髭族《ドワーフ》の中に魔法剣の発動に必要な「魔術痕」と呼ばれる紋様を刻み込める技術を持った小髭族《ドワーフ》に退魔刀を預けていたのだが……

彼女は申し訳なさそうな表情になる。

「実はレイトさんの剣についてうちの商会に所属する鍛冶師が困っとってなぁっ……ちょっと、話を聞いてくれん？」

「鍛冶師？」

「ちょっと待ち、今から呼び出すわ。頼むでアリス」

「はい」

フェリスが命じると、アリスは部屋の外に飛び出す。それから数分後、部屋の中に戻り、身長が百二十センチ程度の髭が濃い男性を連れてきた。男性は身長は小さいが筋肉質な体格であり、肩にトンカチを掲げながら部屋の中にいる人物を見渡し、レイトに顔を向ける。

「……会長、こいつが例の女か？」

「いや、男やで？」

「おお、そうか……人間のガキは男と女の区別がつかん」

「あの……」

「レイトさん、この男の名前はゴイル、うちの商会一番の鍛冶師や」

レイトは唐突に現れた小髭族《ドワーフ》にフェリスに顔を向けると、彼女が紹介を行い、ゴイルと呼ばれた男は机に黄色の魔石を置く。そしてレイトが数日前に預けた「退魔刀」を取り出し、机があまりの重量に軋み始めた。

「あんたがこいつの持ち主か？」

「そうですけど……あの、魔術痕の加工は終わったんですか？」

「そのことなんだが、一つ聞かせてくれ。あんた、これがなんでできているのか知っているのか？」

ゴイルは腕を組んでソファに座り込み、そんな彼の態度にアリスは眉を顰めるが、レイトは気にした様子もなく退魔刀の刃に視線を向けて答える。

「アダマンタイトです」

「ぶほっ!?」

「アダマン……タイト!?」

「やはりな……」

レイトの発言にフェリスは飲み込もうとした紅茶を噴き出し、アリスも目を見開く。二人の反応に対してゴイルは納得したように頷き、退魔刀の刃に彼は自分のトンカチを向けて説明を行う。

「俺の予想通り、やはり伝説の金属を使ってやがったか。どうりでどれだけ熱しても、打ち込んでも、一ミリも変形しないと思ったぜ」

「あ、そうなんですか……」

レイトは退魔刀の素材に利用した「アダマンタイト」がこちらの世界では伝説の聖剣の素材に利用されるほどの希少な素材であることを今更ながらに思い出した。ゴイルの話によると通常の方法では加工が不可能なほどに頑丈な金属であるそうだ。

ゴイルは深いため息を吐きながら自分が持ち出したトンカチを振り上げ、退魔刀の刃に叩きつけた。

「ぬんっ!!」

「うわっ!?」

「なんやっ!?」

「……これは」

トンカチが刃に衝突した瞬間、激しい金属音が響き渡るが退魔刀の刃は凹《へこ》むこともなく、逆にトンカチを叩きつけたゴイルの腕が痺れる。それを確認した三人は驚いた表情を浮かべ、ゴイルに視線を向けると彼は悔しそうな表情で机に拳を叩きつける。

「見ての通りだ……俺のトンカチはロック鉱で作り出された特別品だぞ？　なのにこの馬鹿げた大

剣はびくともしない。熱してもまったく溶ける気配も起こさねえ……昔の奴らはどうやってこんな物を作り出したんだ⁉」

「ということは魔術痕は……」

「残念だが俺にはどうしようもねえ……こいつを打ち直すには特別な加工法があるはずだ。だが、俺には皆目見当もつかねえんだよ‼」

「落ち着けやゴイル‼　あんたが怒ってもしょうがないやろ」

自分の腕に自信を持っていたゴイルはレイトが持ち込んだアダマンタイト製の退魔刀を加工することができず、この数日の間に様々な方法を試したが、結局は刃を加工するどころか傷一つ付けることさえできなかったという。

「悪いが俺でも駄目ならこの都市の他の小髭族《ドワーフ》にもこいつはどうしようもできねえ……可能性があるとすれば俺達の間で伝説と呼ばれている鍛冶師の男ならなんとかできるかもしれないが、そいつは都市にはいねえ。お手上げだ」

「そうですか……分かりました。無理を言ってすみません」

「なあ、その前に聞かせてくれよ。こいつは一体誰が作ったんだ⁉　そいつの名前を教えてくれよ‼」

退魔刀を受け取ろうとしたレイトにゴイルが問い質した。

とはいえ、この退魔刀を作り出したのは錬金術師のレイト本人である。それを正直に説明するのを悩んだ彼はどのように答えればいいのか分からず、まずは冷静に自分の能力を話すことにした。

「えっと……ゴイルさんは錬金術師の能力を知ってますか？」

「錬金術師だと？　ああ、名前だけなら聞いたことはあるぞ。鍛冶職人の出来損ないのような奴らだとな」

小髭族《ドワーフ》の間でも「錬金術師」の職業は不遇職として取り扱われているらしく、彼らの間では錬金術師は鍛冶職人の下位互換の職業だと認識されていた。しかし、実際にはその錬金術師の能力を極めれば彼らが到底扱うことができない金属も自由自在に変形できる。

「すいませんけど、そのトンカチを貸してくれませんか？」

「ん？　こいつのことか？　まあ、別にいいが……」

「ありがとうございます」

レイトはゴイルからトンカチを受け取り、掌を差し出して金属部分に触れ、まずは「金属変換」を発動させて材質を変化させる。そして彼はみんなの前でトンカチをアダマンタイトに変換させ、机の上の退魔刀に向けて振り下ろす。

「ほいっ!!」

「おいっ!?」

「わっ!?　な、なんや？」

「……これは!?」

金属音が響き渡り、ゴイルが先ほど叩きつけた時と違って今度は退魔刀の刃の表面が少しだけ凹む。その光景に全員が驚愕の表情を浮かべ、レイトはゴイルにトンカチを返す。

「い、一体何をした⁉　この馬鹿みたいに硬い金属を……」

「今のは『物質変換』……えっと、分かりやすく言えば別の金属に変換させたんです。今のそのトンカチはアダマンタイト製ですよ」

「アダマンタイトだと⁉」

「ええっ⁉　どういうことや⁉」

ゴイルはトンカチに視線を向け、彼は金属が変化していることに気付き、試しに退魔刀に視線を向けて自分も振り下ろす。

「まさか……ふんっ‼」

「はわっ⁉」

室内に金属音が再び響き渡り、フェリスの意外と可愛らしい悲鳴が上がった。

トンカチを振り下ろした箇所の金属が凹む。それを確認したゴイルは信じられないものを見るような目でトンカチに視線を向け、やがてレイトの「物質変換」の効果が切れたことで元の金属に戻る光景を確認した。

「こ、これは……まさか本当に金属を変化させたのか？」

「変化っていうか変換ですけどね。これが錬金術師の能力の一部です。俺の能力はＳＰを消費して強化させたんですけど……」

「なんやて⁉　貴重なＳＰを錬金術師の能力の強化に使ったんか⁉」

レイトの発言にフェリスは驚きの声を上げた。彼女はレイトがＳＰを使用して戦闘系の能力を高めていたと思い込んでいたのだが、実際には世間では役に立たないと思われている錬金術師の能力を強化したことに驚きを隠せない。

「この能力は別に錬金術師の職業の人間なら誰でも扱えるはずです。熟練度を高めてＳＰで能力を強化する必要がありますけど……」

「信じられねえ……だが、実際にこいつはさっきまでアダマンタイトの金属だった。これが錬金術師の能力なのか？」

「これとは別に二つの能力があります。ちょっと見ててくださいね……へあっ‼」

「なんだっ⁉」

奇怪な叫び声とともにレイトは退魔刀の刃に触れて「形状高速変化」を発動した。そして凹んだ箇所を元に戻す。

その光景にゴイルは大声を上げ、たまらずに立ち上がる。自分では一ミリも削り取ることができなかった大剣を触れるだけで変形させたレイトに激しく動揺する。やがて新品同様に磨き上げられたように変化した退魔刀を見てレイトは満足げに頷く。

「うん、こんなものかな……これが『形状変化』の能力です。こっちもＳＰで能力を強化してますけど、やはりこれも錬金術師なら誰でも扱えます」

「し、信じられねえ……」

「あとは『物質強化』……要するに耐久性を強化する能力があります。この能力は戦闘でよく利用しますすよ」

「もういい……なんてこった」

「信じられへんな。まさか、錬金術師の能力がここまですごいとは……」

「驚きですね」

世間一般では役に立たない能力しか覚えられない職業として有名な「錬金術師」だが、レイトが見せた能力の数々は非常に素晴らしく、彼らの常識を大きく覆《くつがえ》す。

「ったく、何が鍛冶師よりも劣った職業だ!!　完全に俺達の上を行く能力じゃねえか……これだとどっちが不遇職なのか分からねえじゃねえか……」

「そう落ち込むなやゴイル。まあ、気持ちは分かるけど……」

「そんなにすごい能力でもないですよ。この三つの能力は確かに熟練度を高めないと本当に扱いにくい能力に変わりはありませんから……それに万能というわけでもないですよ」

根気よく能力を鍛え上げなければ不便極まりない。普通に生活を送る人間には必要不可欠な能力というわけでもないため、不遇職として認識されても仕方がないと言える。

レイトはゴイルに聞きたいことがあった。

「あの、一つ尋ねたいことがあるんですけど、魔術痕というのはどうやって刻むんですか？」

「あん？　ああ、そういえば魔法剣を使いたいと言ってたな……魔術痕は武器の刃の表面を削り取って紋様を刻むんだ。その時に魔石を細かく砕いて溶かしたものを溝の中に流し込んで固めれば完成だ。たとえば火属性の魔法剣を使いたいときは火属性の魔石を用意しないと駄目だな」

「なるほど……ただ魔石を埋め込むだけじゃだめなんですね？」

「ああ、そんなことをしても魔法剣は使えねえ」

ゴイルの説明にレイトは納得し、自分の退魔刀の場合は小髭族《ドワーフ》の力では魔法剣を使用できない理由を知る。

「あともう一つ聞きたいことがあるんですけど、その魔術痕の紋様を刻むことができれば魔法剣を使えるようになるんですか？」

「ああ、一応はな。だが、さっきも言ったがこいつは……いや、待てよ？　そうか!!　あんたの能力で刃を凹ませることはできるのか？」

「できますけど……」

「それなら話は別だ!!　この硬い金属を凹ませることができるなら魔術痕も刻むことができる!!　ちょっと待ってろ……おい、誰か羊皮紙を持ってこい!!」

「こちらをどうぞ」

アリスが即座にゴイルの言葉に反応して羊皮紙とペンを用意する。

ゴイルはそれを受け取ると机の上に羊皮紙を広げ、複数の紋様を書き込んだ。

ゴイルが書き込んだのは魔法剣の発動に必要な魔術痕であり、机に広げてレイトに見せつける。

「こいつを見てくれ。これが俺が知っている限りの魔術痕の紋様だ」

ゴイルが書き込んだ羊皮紙には五つの紋様が書き込まれていた。レイトの翻訳スキルでも解読はできないので文字ではない。

彼によるとこの五つの紋様の属性は「風・火・水・雷・土」らしく、攻撃には向いていないとされる「聖・闇」の魔法剣の紋様は知らないという。

「俺が知る限りでは魔法剣で最も有名なのは聖剣だな。通常、魔法剣の類は発動の際に一つの属性の魔法しか扱えない。だが、聖剣の場合は複数の属性の特性を併《あわ》せて持っている。例の腐敗竜を倒した聖剣カラドボルグの場合だと雷属性と聖属性の力を併せ持っているらしい」

「なるほど」

「生憎と俺の腕だと複数の属性を使える魔法剣を作り出すことはできねえ。だが、複数の魔術痕を刃に埋め込むことはできる。状況によって各属性の魔法剣を取り扱うこともできるぞ」

「それなら全部の魔術痕を刻むこともできるんですか？」

「できなくはないが……大丈夫なのか？　そんなに属性を付けてもお前さんに扱えるのか？」

「大丈夫です」

レイトはゴイルが刻み込める全ての魔術痕の属性を扱うことができるため、彼に魔術痕の製作を願う。まずはレイトが掌を退魔刀の刃に当て、形状高速変化の能力で魔術痕の紋様を刻み込む。

「こんな感じですか？」

「そう、そうだ。もう少し大きく……止まれ‼　いい感じだ。次の紋様はここに刻んでくれ」

「はい」

ゴイルの指示通りにレイトは紋様を退魔刀の表面に刻み込み、全ての紋様を刃の表面に作り上げると、ゴイルは満足そうに頷く。

「よし‼　これなら問題ねえ‼　明日の朝までには完全な魔術痕に仕上げてやるぜっ‼」

「お願いします」

「まさか伝説のアダマンタイトの武器に俺が魔術痕を施す日が来るとは……腕が鳴るぜ‼」

退魔刀を収納石に戻したゴイルは急ぎ足で部屋を出ると、その慌ただしい姿にフェリスは呆れた表情を浮かべた。その一方で無事に退魔刀を強化できると知ったレイトは安堵の息を吐く。

「慌ただしい奴やな。まあいい、それよりもレイトさんはアンデッドの対抗策は持っとるんか？」

「対抗策……一応は聖属性の魔法も扱えます」

「そうか……まあ、念のために言っておくけど、アンデッドに対抗するには聖属性か火属性だけや。死体を焼き尽くすか、あるいは魂を浄化させせんと倒せんからな」

フェリスの忠告にレイトは頷き、今回の相手は死人人形と呼ばれるアンデッドの中でも最強の死霊であり、レイトが使用できる聖属性の魔法は「光球」と「回復超強化」だけである。回復魔法でもアンデッドには効果的なので性能が高い程に相手に損傷を与えられる。

アリスがレイトに言う。

「レイト様は聖属性の魔石は所有していますか？」

「聖属性……いや、持ってないです」

「フェリス様、確か聖属性の魔法の効果を上昇させる聖石が余っていたのでは？」

「ああ、そういえばそうやったな。レイトさんに渡そうと思って用意してたんや」

アリスが答えるとフェリスは思い出したように自分の机から「太陽」を想起させる形状をした白色の魔石を取り出し、レイトに手渡す。彼はそれを受け取ると、触れた感覚からこれが先日レイトが手に入れた「紅魔石」や「風魔石」のように、身に付けているだけで魔法の効果が高まる魔石だと気付く。

「レイトさんは魔法腕輪《マジックリング》を持っていたやろ？　それに付ければ聖属性の魔法の効果も高まるはずやで」

「でも……いいんですか？　こんな高価そうなものを……」

「別に気にせんでええよ？　レイトさんのおかげでうちの商会の評価も鰻上《うなぎのぼ》りやからな。本当に気にせんといて」

「それなら……ありがとうございます」

レイトはありがたく魔石を受け取り、自分が身に付けている魔法腕輪《マジックリング》に装着する。これで雷属性と闇属性を除いて身に付けているだけで魔法の効果を高める魔石を揃えたことになる。今後の戦闘でも役立つことが期待される。

——聖石を受け取ったレイトはドルトン商会の建物を後にした。

家に戻る前に、レイトは人気のない場所でアイリスと交信する。試合前に彼女から次の対戦相手の情報を教えてもらい、対策を考えようとしたのだが、なぜか今回の彼女は反応が少し遅れる。

『アイリス……あれ？　今日は普通に呼んだよね？』

『……あ、すいません。大丈夫ですよ、ちゃんと聞こえてますから』

『またゲームでもやってたのか？』

『いえ、そういうわけじゃないんですけど……レイトさん、次の試合はやめておいたほうがいいと思いますよ』

『え？』

アイリスの意外な言葉にレイトは呆気に取られ、それほどまで次の対戦相手の「リッチ」が危険な存在なのかと驚くが、アイリスはさらに予想外のことを言う。

『次の対戦相手のリッチのことなんですが……実は私もどんな相手なのか分からないんです』

『分からない？　なんで？』

『前にも言いましたが私の力が及ぶのはこちらの世界で生まれた存在だけ……だからレイトさんの

ような異世界から訪れた人物の行動や未来を見ることはできないんです』

『そういえば前に言っていたような……』

世界の管理者であるアイリスは現在レイトが存在する世界の全ての情報を知ることができるのだが、「異世界人」あるいは「転生」した別世界の人間には力が及ばない。

レイトも転生者なのでアイリスでさえも彼の行動を把握することはできても彼の未来に関わることは何も分からず、だからこそレイトと深く関わった人間に関しても彼女は未来を読み取ることは難しくなる。しかし、今回のリッチの場合はレイトに関わりがある人間というわけではないはずだが、アイリスによると彼女の力が及ばない存在らしい。

『おそらく、このリッチは生前が「異世界人」あるいはレイトさんのような「転生者」だったんでしょうね。だから私にも存在を知ることができません』

『でもアイリスは俺の行動を把握できるんだから、そのリッチのこともどんな存在なのか分からないの？』

『実は説明をし忘れていましたけど、レイトさんの行動を私が把握できるのは私とレイトさんの魂に繋がりがあるからです。レイトさんの死亡した時に私は魂の一部をレイトさんに受け渡してから転生させているんです。だからレイトさんの行動はその魂を通じて把握しているだけなんですよ』

『え、聞いてないんだけどそんな話……お風呂に入って落ちないかな』

『いや、人の魂をなんだと思ってるんですかっ!!　汚れじゃないんですから……』

今さらながらに重大な発言を行うアイリスにレイトは呆れるが、彼女によるとリッチの正体を把握できないのはレイト以外の異世界人の魂を持つ存在であるとしか考えられず、仮に相手が異世界から召喚された人間だった場合は非常にまずい事態に陥るという。

『そもそもこちらの世界で語られている異世界人とは、過去にこちらから呼び出されたレイトさんの世界の人間のことなんです。前にも話しましたが世界は高層ビルのように縦に並んでいます。私は高層ビルの管理人と考えてくれて構いません』

『うん、それで？』

『レイトさんは私から見て上の世界から不運な事故で落ちてきた人間ですが、今は私の力で下の階層の世界に暮らしています。ですか異世界人の場合は話は別です。彼らは私の力を利用せずに下の階層の人間から呼び出された存在であり、私の力は及びません』

『そうなの？』

『分かりやすく言うと窓を掃除する清掃業者に頼んで上の階層の人間を下の階層にまで送り届けてもらったようなものです。つまり異世界人とはムキムキマッチョな清掃業者に拉致されて窓から下の階層に降りた人間のことです』

『そのたとえはどうかと思うけど……清掃業者がすごいなとしか思えないし』

『だけど異世界人は特別な方法で下の階層に訪れたので、実は元の世界に戻ることもできるんです。役目を終えた人間を再び清掃業者に頼んで上の階層に戻してもらうんですよ』

『普通に階段かエレベーターを使えよ』

『前にも言いましたが普通の方法では別世界を訪れることはできないんですよ。つまり、さっきのたとえだとこの高層ビルには普通の階段やエレベーターが存在しませんから普通の方法では上に上がることはできません。レイトさんの場合は落とし穴に嵌まって下の階層に落ちたようなものなので上の階層に行くことはできませんね』

『くそう……梯子《はしご》ぐらい作れっ』

『まあ、長々と説明しましたが今回の相手に関しては私の情報力でもなんにも分からないということです』

アイリスの説明にレイトは俯《うつむ》く。まさか彼女の力が及ばない存在がいるとは思わなかった。

『それでどうすればいい？　試合はもう断れないと思うよ』

『ですよね。それに、相手の正体が分からないのはちょっと不安ですね……まあ、そこが面白いところでもありますが』

『ん？』

『なんでもありません。真面目に考えましょうか』

アイリスの言葉にレイトは若干引っ掛かりを覚えたが、さすがの彼女も今回は真剣にリッチの対策を考える。現時点の情報では少なくとも巨人族《ジャイアント》や小髭族《ドワーフ》のスケルトンではなく、人間だとしても小柄な体格であるという目撃情報があることから生前が女性の可能性もある。単純に身長が低かった男性ということも考えられるが。

相手の能力やどのような戦闘方法を扱うのかも分からず、情報を知っているはずの氷雨の冒険者も闘技会の差し金で何も情報を伝えない。ミナが協力してくれたのは彼女が事情を知らないだけであり、そもそも肝心な情報は彼女には知らされていなかったから見過ごされた可能性もある。

『今の段階だとほとんど何も分からないな。だけど、Aランクの冒険者十人と剣聖の誰かが出動して捕獲したことを考えると相当に厄介な相手なのは間違いない。あ、そうだ。アイリスの力で捕獲に動いた冒険者と剣聖の記憶を読み取れないの？』

『それも無理です。私は人間の行動を把握することはできても何を考えているのかまでは分かりません。その冒険者と剣聖がどのような手段で捕獲したのかも見えませんね。そのリッチがどのような存在なのかも分かりません。例えるなら今までカメラで監視していたのに急にある人物の映像だけが映し出されなくなった感覚に近いです』

『その理論だとお前はいつもカメラで人間観察していたのか……なんか犯罪みたいだな』

『誰が犯罪者ですか!!　まあ、よくお風呂とかを覗いていましたけど……』

『覗くなっ』

リッチの正体はアイリスでさえもまったく分からず、少なくとも今回ばかりは彼女には頼れない。今まではレイトは心のどこかでどんな状況に陥ってもアイリスなら正確な情報を教えてくれると思い込んでいたところがあり、いざという時に彼女の力が頼れないと知ると不安を抱く。

『得体の知れない相手と戦うのがこんなに怖いなんてな……こうして考えるとアイリスには本当に世話になってたんだな』

『いや、その言い方だと私が死んだみたいじゃないですか。生きてますよ？　普通に今はせんべいをかじりながらレイトさんと通話してますよ？』

『せんべいあるのか、あの世界に……』

彼女の冗談で気が紛れたレイトは今度こそ真面目にリッチの対策を考える。まず、相手が死人人形であることは確定しており、アンデッドの最大の弱点である聖属性の魔法を強化すれば対抗策になるのではないかと考える。

『今からゴイルに頼んで聖属性の魔法剣も扱えるように改造してもらうとかは？』

『無理でしょうね。聖属性の魔術痕をゴイルが知らないと言ってますし』

『腐敗竜の時のように俺の能力でカラドボルグを再現して倒すとか……』

『錬金術師の能力を使えば確かに聖剣の複製を作ることはできます。だけど、そんなことをすればレイトさんの身体に大きな負担がかかるし、観客にも被害が及びますよ？　それは最後の手段に取っておいてください』

『SPを利用して能力をもっと強化するとか……』

『貴重なSPをここで使っていいんですか？　第一に強化すると言っても、ここから先の能力は性能が上昇するというよりは身体の負担が減るだけです。強化というよりは改善に近い内容です』

色々と案を考えるがアイリスの言葉にレイトは思い悩み、相手の情報が分からないというだけでここまで自分が追い詰められることに彼はため息を吐く。だが、冷静に考えればこれが普通の人間の感覚であり、得体の知れない相手と戦うことなど冒険者ならば誰もが普通に体験していることなのだ。

『よし……もう深く考えるのはやめよう。今の俺の力で最大限の努力をする、それしかないよ』

『そういうことですね。まあ、何度も危機を乗り越えたレイトさんなら大丈夫ですよ……なんて甘い言葉は言えませんが、私が言えることは頑張ってください、という言葉だけですね』

『ありがとう』

レイトはアイリスとの交信を遮断した。

久しぶりに長々と交信を行っていたので精神をそれなりに消耗してしまう。彼は試合が始まるまでに自分ができることを全て試すことに決め、まずは死人人形の詳しい情報を集めることにした。

「あ、死人と言えば……専門家に聞いてみようかな?」

こういうときこそ頼りになる仲間がいる。

レイトは死人人形について詳細な情報を知っていそうな人物のところに向かった。

「――というこことでダインの意見を聞きに来た」

「いきなり僕のところに来たと思ったらなんだよそれ……というかリッチが相手なんて、何考えてんだよ闘技会の奴ら」

レイトは闇魔導士のダインの元を訪れ、闇属性に関する魔法や魔物に詳しい彼に助言を求めた。話を聞いたダインはリッチと戦うことになったという話に呆れるが、真剣な表情でレイトと向き合う。

「レイト、リッチがどれくらい危険な存在か分かってるのか？　正直あいつらはマジでやばいぞ」

「ダインはリッチを知ってるの？」

「ああ……知ってるし、見たこともある。まだ僕がバルのところに世話になっていた頃に魔導士の死体から作り出されたリッチを見た。そいつのせいで一つの村が滅んだから、僕はバルと一緒に討伐に向かったんだ」

当時はまだ冒険者だったバルに連れられてダインは村を襲撃した「リッチ」の討伐に向かう。彼自身はあくまでも付き添いということで戦闘には参加せず、リッチという存在がどれほどのものなのか確かめるために訪れたという。だが、二人が遭遇したリッチは非常に強力な魔力を誇り、討伐の際にバルも相当な深手を負った。

「あの時は本当に怖かったよ。今まで無敵だと思い込んでいたバルが負傷して三日間も生死を彷徨《さまよ》ったんだぞ？　どうにか命は助かったけど、しばらくの間は冒険者活動ができないほどの深手を負ったんだよ」

「あのバルが……」

「レイトが強いのは知っているよ。だけど、僕の目から見たら全盛期のバルとそれほど大きな差はないと思う。だからもしも僕の知っているリッチよりも試合の相手に指定されたリッチが強かった場合、レイトでも勝てないかもしれない……本当に気を付けろよ」

「分かった。気を引き締め直す」

ダインの本気で心配した表情にレイトは頷き、リッチの恐ろしさを改めて思い知らされる。そしてここからが本題であり、ダインの目から見たリッチの特徴を尋ねる。

「僕の知る限り、リッチが生み出す魔法は必ず闇属性の特徴を持つよ。たとえば生前が魔術師のリッチの場合、火属性の魔法を使う場合は『黒炎』に、雷属性の場合は『黒雷』に変化する。それと聖属性の魔法は絶対に使えないし、日の光を嫌うくらいに光に弱いんだよ」

「なるほど……くそ、だから試合を夜に指定したのか」

レイトは自分の試合が夜に行われる理由を知り、冷静に考えれば腐敗竜も日光を受けるだけで苦しんでいたという話を思い出す。死霊系の魔物は強い光に弱いという特徴を持っており、死人人形も例外ではない。

「光が弱点だから『光球』みたいな魔法でも効果はあるかもしれない。あとは、闇属性の魔法は逆効果だから気を付けろ。闇属性の魔法を下手に当てると逆に吸収されちゃうからな」

「俺は闇属性を使えないから問題ないよ」

「そ、そうだったな……悪いけど僕が知っているリッチの特徴はこれくらいだよ」

「いや、おかげでいいことを思いついた。ありがとう」

リッチの特徴を聞き終えたレイトはダインのおかげで作戦を思いつき、死霊系の魔物の弱点が「光」であるということを聞けただけでも大きな収穫があった。リッチの対抗策を思い付いたレイトは彼に感謝すると、自分の自宅に戻って身体を休ませることにする。戦う前に身体を休めて万全の体勢を整えるため、ダインに別れを告げて彼が宿泊している宿屋をあとにした。

『アイリス』

『お、何か良い作戦を思い付きました?』

『うん、実はさ……』

移動の最中にアイリスに交信を行い、彼女に自分の考えた作戦を伝えると、アイリスもレイトの提案に納得して作戦に賛成する。

『なるほど……それならなんとかなりそうですね。でも気を付けてくださいい、相手の力がどの程度なのか分からないのは事実なんですから』

『分かってる。俺、明日の夜はヒトミンを枕にして寝るんだ……』

『いや、あからさまにフラグを立てないで下さいっ!!』

相談を終えたレイトは自宅に戻り、明日の試合に備えて早めに就寝した――

――そして翌日の早朝、レイトはドルトン商会を訪れ、魔術痕が刻まれた退魔刀を受け取る。無事に魔法剣の改造は成功したらしく、商会の訓練場にて魔法剣の実践を行うことにした。

「これが……魔術痕なんですか？　外見はあんまり変わってないような……」

「まあ、派手な変化はないな。だが、そいつは間違いなく魔法剣として生まれ変わったんだ。というか、お前さんは魔法剣の使い方を知ってるのか？」

「試すのは初めてです」

ゴイルの説明にレイトは紋様が刻まれた退魔刀に視線を向け、フェリスとアリスとグロウに見られながらも魔法剣を発動させる準備を整える。

――この世界における魔法剣とは刃に魔力を送り込み、魔法の力を宿すことを意味する。レイトがすでに習得している「重力剣」もこれに含まれるが、こちらの場合はスキルとして発動しているので発動中の間は魔力を消費し続ける。結果的には魔力が続く限りは魔法の効果は切れないが、常に消耗し続けるリスクを負う。

通常の魔法剣は魔術痕を刻まれた武器に魔法の力を宿すことであり、こちらの場合は送り込んだ魔力の分だけ効果を発揮する。たとえば最初のうちに魔力を大量に送り込めば初期は効果が高く、送り込んだ時点で魔力の消耗は発生しない。ただし、時間が経過するごとに魔力の効果が弱まり、やがては完全に消失してしまう。ちなみに魔力を送り込む能力は魔術師の職業を所有する人間にしか扱えない。

だが、レイトのように補助魔法の「付与強化」を覚えていない人間の場合は自力で体内の魔力を刀身に送り込む能力を身に付けなければならない。先日レイトと戦ったシュンの場合は精霊魔法を利用して風属性の精霊の力を借りて魔法剣を発動させたが、普通の人間の場合は長い時をかけて魔法を発動せずに魔力だけを送り込む技術を身に付けなければ魔法剣を扱うことは不可能。

また、レイトの場合は土属性以外の魔法剣を扱ったことはない。そのため、他の属性で魔法剣を使用するのは初めてである。皆に見られている中でレイトは掌を翳して「付与強化」の補助魔法を発動させ、魔力を送り込む。

「よし……とりあえず、火属性からいくか」

「おおっ⁉」

四人の目の前でレイトが退魔刀に掌を押し当てた状態で火属性の魔力を流し込んだ瞬間、退魔刀の刃に炎がまとう。その光景に全員が声を上げ、レイトは満足げに頷く。

「よし、成功した。でもどれくらいで消えるのかな……」

「時間を計りましょうか？」

「あ、お願いします」

壁にかけられている時計をアリスが持ち上げ、レイトの前に差し出す。秒針を数え、退魔刀に宿した炎が消える時間を正確に計る。ちょうど一分後、退魔刀の刃から放たれていた火炎が消え去り、即座にゴイルが大剣に視線を向けて感心したように頷いた。

「さすがアダマンタイトだな……まったく刃が溶けていねえ。魔法耐性も凄まじいな」

魔法金属以外の金属で魔法剣を使用した場合、当然だが刀身に負担が大きくかかり、刃に破損が生まれる。なので魔法剣を使用する場合は魔法耐性が高い武器でなければ成立しない。

「次は各属性の効果を確かめます」

その後にレイトは退魔刀に次々と別属性の魔力を流し込み、風属性の場合はシュンの魔法剣のように剣を覆《おお》い込むように竜巻が発生し、雷属性の場合は刀身に電流、水属性の場合は刃の表面が凍り付き、土属性の場合は「重力剣」のように紅色の重力の魔力をまとう。どの属性の魔力もレイトが軽く魔力を流し込んだ場合は一分の間効果が続き、刀身に魔力を宿す以外は特に大きな変化はない。

「たいしたもんだな……まさか本当に五つの属性の魔法を扱えるとはな」

「魔術師の方でも珍しいことですね。普通の魔術師はせいぜい三つか四つで限界のはずですが……」

「あれほどの腕を持ちながら魔術師としての才能も高いとは……」

「さすがはレイトさんやな。この調子で今日の試合も頼みまっせ」

「ふむ……」

次々と各属性の魔法の力を退魔刀に宿したレイトに、訓練場にいた人間が感心するが、レイト自身は退魔刀に首を傾げ、自分がどの属性の魔力と相性がいいのかを考える。

「やっぱり、土属性が性に合うかな」

アダマンタイト製の刃に変化したことで退魔刀に「重力剣」の技術スキルを施せなくなったため、

レイトは新たに「重撃剣」という能力を身に付けている。だが、ゴイルのおかげでアダマンタイトの刃にも土属性の魔力を流し込めるようになり、今まで通りに刃に重力の魔力を宿せるようになった。だが、他の属性の魔法剣も扱えることに変わりはなく、状況に合わせて使い分けることも可能になった。

「欲を言えば聖属性の魔法剣を使いたかったけど……」

「悪いな、それは俺の技術じゃ無理だ。だが、詫びと言っちゃなんだかこれを受け取ってくれ」

「これ？」

リッチとの試合で聖属性の魔法剣を扱えるようになれば心強かったのだが、そんなレイトの呟きにゴイルは紫色の水晶玉を取り出す。それを見たフェリスは驚きの声を上げ、他の二人も動揺したように目を見開く。

「ちょ、あんたそれ……!?　どこで盗んできたんやそんなもの!?」

「人聞きの悪いことを言うな!!　こいつは俺の私物だ。伝説の聖剣にも劣らない武器の手入れをさせてくれた礼だ……受け取ってくれ」

「はあ……綺麗な魔石ですね」

「そいつは紫電石《しでんせき》という名前の魔石だ。持っているだけで雷属性の魔法威力を上昇させるぞ」

「えっ!?　いいんですかそんなものをもらっても!?」

「構わねえよ。そもそも、土属性しか扱えない俺達が持っていてもしょうがねえからな……ある男の武器の依頼を引き受けたとき、代金代わりに受け取ったんだが、結局売り飛ばすことを忘れていた品だ」

意外な贈りものにレイトは驚きながらも、これで闇属性以外の魔法を強化させる魔石が揃ったことになる。レイトはゴイルに礼を告げ、魔法腕輪《マジックリング》に装着した。

「よし……あとは試合まで魔法剣の具合を確かめておきます」

「そうか……まあ、この訓練場は好きに使って構わへん。欲しいものがあるなら大抵のものは用意できるから、アリスに頼んでくれ」

「なんなりとお望みください」

「ありがとうございます。でも、準備はもう大丈夫です」

「試合は夜か……アンデッドを相手にさせるには絶好の時間帯というわけか。くそ、闘技会め……死霊を見世物に使うとは何を考えている」

心底軽蔑した表情をグロウは浮かべ、他の者も頷く。闘技会では魔物と戦わせることは別に珍しくはないが、少なくとも死人人形の場合は生前の意識を持つ存在であり、酷く言えば中途半端な状態で蘇った「人間」である。レイトは相手が死人人形とはいえ、自分の手で人間の命を奪う機会が再び巡ってきたのかと内心ため息を吐き出す。

「でも、死人人形は少し可哀想な存在やな」

「え？」

「だってそうやろ？　無理やり生き返らせて、しかも生き返らせた人間は勝手に死ぬ。この世に戻ってきたのに人格が崩壊するほどの憎悪を生者に抱くようになり、肉親だろうが恋人だろうが殺さずにはいられなくなるんや。そう考えると同情の余地があるな……」

「死人人形を救う道があるとすれば命を再び絶つことしかありません。彼らも被害者なのは間違いないでしょうね」

「そう、ですね」

フェリスとアリスの言葉にレイトは考え、これから自分が戦う死人人形《リッチ》がどんな存在なのかは分からないが、きっと生きていることに苦しんでいるのは間違いない。そう考えると彼は自分の手で倒すことで相手を救うことに繋がるのかと考えてしまう。

（アリアも……もしかしたら）

レイトはアリアが死に際に見せた顔を思い出す。彼女は命を奪われたにもかかわらず安らかな笑みを浮かべていた。アリアが何を思い、どうして自分に勝負を挑んだのか、レイトにはその答えは分からない。だが、もしかしたら彼女も生きることに苦しみ、誰かに殺されることで救われると考えていたのかもしれない。

（それでも俺は……）

アリアにどんな事情があったのかは不明だが、レイトは彼女に生きて欲しかった。ずっと傍に居て欲しかった。だが、そんなことを考えても彼女が死んだことに変わりはない。

（死ぬことが救いなんて……なんて悲しいんだ）

死ぬことでしか救われない存在という点にレイトは同情を抱き、同時に本当にそれ以外の道はないのかを考える。だが、現実はそれほど甘くはない。

（考えるな）

今は試合に勝つことだけに集中し、レイトは退魔刀を握りしめ、反鏡剣に視線を向ける。得体の知れない相手と戦うことほど不気味なことはなく、練習に勤しむことで不安を掻き消すように彼は魔法剣の訓練を行う――


――そして時刻は夕方を迎え、ついに「ルナ」として変装を終えたレイトは闘技祭の開始前の最後の試合を行うために闘技場に赴く。通常、闘技場は夜間の試合は行われないのだが今回は特別方式で夜を迎えた時刻に開始される。最近噂になっている「黒銀の剣士」と氷雨が捕獲した最強の「死人人形」の対決という噂が冒険都市にすでに広まっており、大勢の観客が試合開始前だというのに行列をなしていた。

特別控室に案内されたレイトは今回は一人で意識を集中するために室内に誰も入れず、黙って試合開始の時刻まで精神を統一させるように瞼を閉じたまま座り込む。

「ふうっ……一人だと寂しいな」

よくよく考えればレイトは自分が一人だけで行動することが以前より減ったことに気付く。深淵の森を出た後にいつの間にか仲間ができて行動をともにすることが多くなり、様々な問題を解決していった。しかし、今回ばかりは一人の力で乗り越えねばならず、他人の助けは借りられない。

「アリア、俺は強くなったのかな？」

自分に剣技を教えてくれたアリアに呼びかけるようにレイトは呟き、彼女が子供の頃に渡してくれた回復薬の硝子《ガラス》瓶の破片を見つめる。結局、彼女の死後に捨て切れずに回収していたものだ。

破片を見つめ、表面に映し出されている自分の顔を確認する。いつの間にか興奮していたのか眼帯をしていない方の瞳が「赤色」に輝いていることに気付き、破片を掌で包み込む。

「よし……行くぞ」

感覚を研ぎ澄ましていたことで外側から近づいてくる兵士の足音に気付き、興奮を抑え込むようにレイトは瞼を閉じる。

いつも通りの碧眼に戻った彼は、退魔刀と反鏡剣を装備して扉の前に立つ――

◆◆◆

同時刻、バルトロス王国の王城にて、王妃である「サクラ」は窓の外の風景を眺めていた。自室とはいえ、彼女は毛布一枚を羽織っている以外は何も身にまとっていない。

王妃は何かを考えているのか、黙って外を見つめている。そんな彼女の後ろから一人の男性が近付き、ゆっくりと抱きしめた。

「何をお考えなのですか？　王妃様」

「あら、仕えるべき主人の妻に抱き着くなんて……不敬よ」

「何を今さら……私の仕える主人はあなた様だけです」

「ふふ、そうだったわね」

王妃は自分に抱き着いてくる男——バルトロス王国の大将軍にして最強の将であるミドルに対して笑みを浮かべ、再び窓の外を見つめる。

王都には雨が降り注いでいた。今ならば大きな音を出しても部屋の外の人間に聞こえることはないかもしれない。

「ミドル、あの娘は上手くやれるかしらね」

「あの娘……青の剣聖のことですか」

「ふふふ、あなたから見てあの娘はどうかしら？」

「強くなりましたね。御父上の血を濃く継いでいる。しかし、まだ精神面に甘さがあります」

「大丈夫よ。あの娘が自分の悲願を果たすためなら、私には逆らえない」

窓に映し出される自分の顔を見つめ、王妃サクラは妖艶《ようえん》に笑った。

ミドルは最強の将軍であるというのに、彼女の表情を見て背筋が凍った——

この作品に対する皆様のご意見・ご感想をお待ちしております。

おハガキ・お手紙は以下の宛先にお送りください。

【宛先】

〒150-6008 東京都渋谷区恵比寿 4-20-3 恵比寿ｶﾞｰﾃﾞﾝﾌﾟﾚｲｽﾀﾜｰ 8F
（株）アルファポリス　書籍感想係

メールフォームでのご意見・ご感想は右のＱＲコードから、
あるいは以下のワードで検索をかけてください。

アルファポリス　書籍の感想　検索

ご感想はこちらから

本書はWebサイト「アルファポリス」（https://www.alphapolis.co.jp/）に投稿されたものを、改題・改稿、加筆のうえ、書籍化したものです。

不遇職《ふぐうしょく》とバカにされましたが、
実際《じっさい》はそれほど悪《わる》くありません？ 6

カタナヅキ

2021年　3月31日初版発行

編集－藤井秀樹・宮田可南子
編集長－太田鉄平
発行者－梶本雄介
発行所－株式会社アルファポリス
〒150-6008 東京都渋谷区恵比寿4-20-3 恵比寿ｶﾞｰﾃﾞﾝﾌﾟﾚｲｽﾀﾜｰ8F
TEL 03-6277-1601（営業）　03-6277-1602（編集）
URL https://www.alphapolis.co.jp/
発売元－株式会社星雲社（共同出版社・流通責任出版社）
〒112-0005 東京都文京区水道1-3-30
TEL 03-3868-3275
装丁・本文イラスト－しゅがお
装丁デザイン－AFTERGLOW
印刷－図書印刷株式会社

価格はカバーに表示されてあります。

落丁乱丁の場合はアルファポリスまでご連絡ください。

送料は小社負担でお取り替えします。


ISBN978-4-434-28667-4 C0093